新潮文庫

オンブレ

エルモア・レナード
村上春樹訳

目次

オンブレ

Hombre

オンブレ

Hombre

いったいどこからどのように書き出せばいいのか、最初のうちさっぱり見当がつかなかった。私が忠告を求めたとき、「フローレンス・エンタプライズ」紙の記者は、ものごとが始まったその日から書き出せばいいんですよと言った。つまり駅馬車が乗客みんなを乗せて、スウィートメアリを出発したその時点から。なるほどと思ったものの、実際にやってみるとそう簡単にはいかなかった。考えてみたら、それがまったくの始まりというわけではなかったからだ。そこでいっぺんに何もかもを説明することはできない。それはどんな人々だったのか、そもそも彼らはどこに行こうとしていたのか、そういうことを。それにその時点から書き出したら、ジョン・ラッセルがどういう人間なのかということが、十分語られないままになってしまう。

なにしろ彼がこの物語の中心をなす人物なのだ。もし彼がいなかったら、まず間違いなく我々全員が命を落としていただろうし、そうなればこの話を書き記す人間も存在しなかったところだから。そんなわけで、私が最初にジョン・ラッセルに出会ったところから話を始めたいと思う。彼についてのいくつかの事実を知ったあとなら、あなたはきっとそのわけを納得するはずだ。次に私が再び彼に会ったのはその三週間後で、それがつまり駅馬車がスウィートメアリを出発した日であったわけだ。それはトーマス砦《とりで》からマクラレンという娘が連れてこられた直後のことで、時刻は昼下がりだった。

いくつかのものごと——とくにマクラレンという娘に関するものごと——と、そのとき私がジョン・ラッセルについて抱いていたいくつかの考えは、紙に書き記すにはいささかきまりの悪い種類のものだった。しかし私は、親しい友だちと膝《ひざ》を交えて話をするときのように気楽に書けばいいと忠告された。それ以外の人がどう考えるかなんて気にすることはない、と。そしてそれがまさに私がやったことだ。もしどこか読み飛ばしたいような箇所があったなら——たとえばときおり顔を出す個人的内省みたいなものは——どうぞご自由に読み飛ばしていただきたい。

タイトルについて言えば、ジョン・ラッセルの呼び名のどれをつけてもかまわないところだ。やがてわかるように、彼はいくつもの名前で呼ばれていた。しかし私は「オンブレ」というのが、タイトルとしていちばんふさわしいように思った。ヘンリー・メンデスやその他の人々が、時折彼をそう呼んでいた。それはただ単に「男《マン》」という意味のスペイン語だ。

念のために言い添えておくと、駅馬車がスウィートメアリを出発したのは一八八四年の八月十二日、火曜日だ。もし私が最初にジョン・ラッセルに出会った日を知りたければ、そこから三週間さかのぼってもらえばいい。場所はスウィートメアリではなく、デルガドの駅馬車中継所だった。

カール・エヴェレット・アレン
アリゾナ州コンテンションにて

ONE

これがものごとの始まりだと、私の考えるところだ。つまり、スウィートメアリにおける「ハッチ&ホッジズ」の地区支配人であり、その時点ではまだ私のボスであったミスタ・ヘンリー・メンデスが、デルガドの運営する中継所まで十六マイルばかり、マッド・ワゴン（訳注・mud wagon。荒れ地や砂漠を走らせるために作られた馬車で、スプリングはほとんどついておらず、壁面はなく、通常の駅馬車に比べて乗り心地は良くない）に一緒に乗っていってくれないかと、私に頼んだ時点だ。その遠出は、この地域の駅馬車の路線を会社が廃止しようとしていることと何か関係があるのだろうと、そのとき私は思った。ミスタ・メンデスはデルガドが彼の中継所を閉鎖するのを見届け、会社の所有物件の目録をつくるつもりなのだろうと。でもそれは理由の一部に過ぎなかった。

聞いてみると、目録をつくるのは私に課せられた役目であった。ミスタ・メンデスは他に何か考えていることがあるようだった。中継所に着くとすぐに、ミスタ・メンデスはデルガドの使用人の一人をジョン・ラッセルの家に使いに出した。そして彼をつれてこさせた。

その日まで私にとって、ジョン・ラッセルというのは、前年の会社の出納簿に数回書き込みをしたひとつの名前に過ぎなかった。用立てた馬車用の馬に対して、そのぶんの金が彼に支払われた。彼はマスタンガー（野生馬の密猟・密売に関わる者）だった。人馴《な》れしていない野生の馬を捕獲し、飼い慣らして鞍《くら》を置けるまでにするのが仕事だ。その中からミスタ・メンデスがこれと思う馬を選んで購入する。そしてラッセルと、彼のもとで働いている二人のホワイト・マウンテン・アパッチが、デルガドのところか、あるいは南方のベンソンまでの道筋に設けられたほかのいくつかの中継所に、それらの馬たちを移送するのだ。

ミスタ・メンデスは去年だけで、二十五頭から三十頭の馬を彼から購入したはずだ。もう路線を閉鎖するので、これ以上馬を運んでくる必要はないと、ラッセルに通告するつもりなのだろうと私は思った。用件はそういうことなのですか、と私はミスタ・メンデスに尋ねた。いや、そうじゃない、と彼は言った。そのことならもう伝えてある。これはまた別のことなのだ。

何だか秘密めいた言い方だ。そういうのがミスタ・メンデスと一緒に仕事をするにあたって、面倒を感じる点だった。遠くから見ると、彼がメキシコ人であるとはまずわからない。決してメキシコ人のような服装をしない。彼らのように、ベッド・シーツを切り取ってつくったような白ずくめの服を着ることもない。そして通常の場合、メキシコ人のように振る舞ったりもしない。ただし顔だけは別だ。煙草《たばこ》のヤニが染《し》みたような目と、だらんと垂れた口ひげは常に一定不変で、彼が心で何を思っているのかを表情から読み取ることはまずできなかった。正面から見据えられると、この人は今しゃべっていることとは違う何かを知っているのだという気がした。あるいは内心で笑われているような気がしたものだ。そういうときには、ヘンリー・メンデスは間違いなくメキシコ人なんだと実感できた。彼はそれほど年取ってはいなかった。五十歳にはなっていなかったはずだ。

コーヒーを飲んでいるときに、デルガドの使用人が戻ってきた。そしてラッセルはもう少ししたらやってくると言った。少し後で馬の蹄《ひづめ》の音が聞こえたので、我々は外に出た。

馬に乗った三人の男が背後に土煙を立てながらアドビ造り（日干しの粘土レンガ）の建物に近づいてくるのを、そこに立って眺めているときに、ミスタ・メンデスが私に言った。

「ラッセルをよく見ておくんだぞ。この先の人生で、あんな男にはまずお目にかかれないからな」

　まさにその通りだったと、今でははっきり断言できる。それは彼の外見だけにはとどまらなかったのだが。

　三人の馬に乗った男たちは近くまでやってきたが、どことなく態度を留保している気配があった。あたりがすっかり安全だと確信できるまでは、すぐそばまで寄りたくないというような。ラッセルが馬を止めると、彼に同行していた二人のホワイト・マウンテン・アパッチも馬の歩を緩め、彼の両脇《りょうわき》についた。あまりぴたりとではなく、動きの余地を残すようにいくぶん外側に離れて。三人とも武装していた。それも生半可な武装ではない。リヴォルヴァー拳銃《けんじゅう》と、肩にかけた弾薬帯、そしてカービン銃（一見したところスプリングフィールド銃のようだ）。

　私が最初に目にした生身のジョン・ラッセルは、馬上に座っているその姿だった。胸に渡された弾薬帯のほとんどのループには弾丸が収まり、それが陽光に眩《まぶ》しく光っているところを思い浮かべてもらいたい。染みのついた、つばのまっすぐな汚れた帽子が、ほとんどインディアン風にかぶられているところを思い浮かべてもらいたい。折り目はまったくつけられず、どちらか一方に傾けられてもいないということだ。ただし帽子のつばは少しだけカールし、てっぺんには小さなへこみがあった。

帽子の影に半分被《おお》われた彼の顔を思い浮かべてもらいたい。最初に気づくのは、その顔がひどく浅黒いということだ。シャツの袖《そで》が肘《ひじ》の上までまくり上げられた、彼の腕と同じくらい黒い。それは誓って言うが、二人のホワイト・マウンテン・アパッチに負けず劣らずの黒さだった。それから彼の髪が長いことに気がつく。髪はほとんど耳を覆《おお》い隠している。顔はきれいに髭《ひげ》を剃《そ》られているようだ。そして人は思うだろう。この男はアパッチたちにとって友人やボスというより、仲間に近いのではないのかと。つまり彼は、なんという名前であれ、その血によって彼らと繋《つな》がっているのではあるまいか。そんなことは絶対にあり得ないと断言できる人間は、まずいないはずだ。

ミスタ・メンデスが彼に話しかけるところを目にしたら、その確信は更に強くなるだろう。彼はジョン・ラッセルの粕毛《かすげ》の馬に歩いて近づいていった。彼が最初に口にした言葉を私はまだ覚えている。

「オンブレ」と彼は呼びかけた。

ラッセルは何も言わなかった。彼はただじっとミスタ・メンデスを見ていた。彼の目は帽子のつばの影になって見えなかったけれど。

「今日はどの名前がいい？」とミスタ・メンデスは尋ねた。「どの名前で呼んでもらいたい？」

ラッセルはそのときはスペイン語で一言二言ミスタ・メンデスに返事をした。そしてミスタ・メンデスは英語で言った。「ジョン・ラッセルでいこう。シンボル・ネームはなしだ。アパッチ・ネームじゃなく。それでいいな？」。ラッセルが黙って肯《うなず》くと、ミスタ・メンデスは言った。「それでもう腹は決まったのか？　二日後にスウィートメアリに来ると言っていたよな」

ラッセルは再びスペイン語を使った。今度はもっと長く。明らかに相手に何かを説明しているようだった。

「もしおまえが英語でそのことを考えたなら、ものごとはまた違って見えるのではないかな」とミスタ・メンデスは言って、相手の顔をまじまじと見た。「あるいはそれを今、英語で語るなら」

「同じことだ」とラッセルは突然英語に切り替えて言った。立派な英語だった。ほんの僅《わず》かのアクセントしか聴き取れなかった。彼が何かを言うのを耳にするたびに、これは本当にアクセントと呼ぶべきものなのだろうかと首をひねってしまうような、あるかないかの微妙な響きだ。

「でもそれは、しっかり考えるべき大ごとだぞ」とミスタ・メンデスは言った。「コンテンションに行って、そこで白人たちと共に暮らすというのはな。白人がくれた土地に、白人として暮らすことになるんだぞ。おまえがたとえどの言葉で考えたにせよ、おまえはみんなと英語で話さなくちゃならないんだ」

「わかっている」とラッセルは言った。「この今でも、おれはいろいろな違うやり方でものを考えている」

「たしかに」とミスタ・メンデスは言った。「おまえには土地を売ることはできる。その金のいくらかを使って、馬と新しい銃を買うこともできる。残りの金をサン・カルロスのインディアン居留地の、貧しい人々に与えることもできる。そうしておまえは一文無しになってしまう」

ラッセルは肩をすくめた。「かもしれない」

「あるいはおまえは家畜だけを売り、土地を耕してトウモロコシを育て、ティズウィン（インディアンが造るトウモロコシを使ったビール）をこしらえて、それを飲んで七年くらい気持ちよくなることもできる」

「それもあり得る」とラッセルは言った。

「あるいはおまえは家畜の世話をし、そいつらが育っていくのを見守ることもできる」とミスタ・メンデスは言った。「あるいは結婚して家族をこしらえてもいい。そこで一生を送るんだ」、彼はそこで少し間を置いた。「他にもいくつかの道はある。聞きたいか?」

「ただでさえ道が多すぎる」とラッセルは言った。しかし彼はそれについてとくに案じているようには見えなかった。

しかしその返事ではミスタ・メンデスは満足しなかった。彼はラッセルに何かを説得しようとして、食い下がっていた。彼は言った。「それは立派な家だと聞いたが」

ラッセルは肯いた。「もしそこで暮らすのが、意味あることなら」

「なあ」とメンデスは言った。幸運がラッセルの目の前で待機しているのに、彼がそれに気づかず、あっさりやり過ごそうとしているというかのように。「おまえはいったい何を求めているんだ?」

ラッセルは彼を見下ろしていた。そして急がず慌《あわ》てず、のんびりと言った。「中にメスカル(リュウゼツランを原料にメキシコ人が作る蒸留酒)はあるかい、なあ?」

デルガドは笑って、スペイン語で何かを言った。ミスタ・メンデスは肩をすくめ、二人はアドビの中に入っていった。

でも私はラッセルのことをじっと見ていた。彼はカービン銃を持ったまま馬から下りた。銃は旧式の56-56口径のスペンサー銃(一八六〇年に完成し、北軍に採用された連発銃。ウィンチェスター銃の前身)であることがわかった。彼は地面を見ながら、私の方に歩いてやってきた。それから私の気配に気づいたのだろう、さっと顔を上げた。その一瞬、我々は近接し、私は彼の目を見た。そこにはヘンリー・メンデスの目が浮かべるのと同じ〈何も言わないが、おれは何でも知っているぞ〉という表情が浮かんでいた。同じメキシコ人、インディアン的な眼差《まなざ》しだ。ただしラッセルの目の色は青かった。インディアン風の浅黒い顔の中に、その淡いライトブルーの瞳《ひとみ》があった。なんでもないことに聞こえるかもしれないが、そのときの私は彼の瞳を見て、奇妙なほどの違和感を覚えたものだった。

二人のアパッチが持っているのは、私が推測したとおりスプリングフィールド銃だった。二人はその銃を片手に抱えて持ち、弾薬帯まで持ち運んでいるにもかかわらず、彼らの見かけはいささか滑稽《こっけい》だった。滑稽に見えるのは主に、彼らの着ているヴェストと、かぶっている麦わら帽子のせいだった。帽子はひどく小さく、そっくり上向きになっていたからだ。二人はラッセルと一緒に建物の中に入り、私もあとに従った。

ただ私は長くは中にいなかった。ミスタ・メンデスに、納屋《なや》に行って備品の目録を作成するように命じられたからだ。そのあと家畜飼料の在庫も調べるようにと。それだけを済ませて母屋《おもや》に戻るまでに半時間は要したと思う。鞍を置いた五頭の馬が、マッド・ワゴンと共に建物の正面につながれていた。さっきまでは三頭だったのだが。中では、ミスタ・メンデスとジョン・ラッセルが、駅馬車の乗客たちのために用意された長いテーブルの、一方の端っこに座っていた。ラッセルのカービン銃はテーブルの上に置かれていた。銃は常に彼の手の届くところに置かれているようだった。それもやはりアパッチのやり方だ。

右側の壁つきのカウンターの前には、馬に乗ってきた二人のアパッチが立っていた。その横には更に二人の男たちがいた。ミスタ・メンデスの隣に腰を下ろすまで、彼らのことを私はよく見なかった。しかしそのとき、そこで何ごとか持ち上がっているらしいことにはっと気がついた。あまりにも静かすぎるのだ。メンデスはカウンターの方に目を向けていた。ラッセルは酒のグラスを見下ろし、何かを黙考しているか、あるいは何かに耳を澄ませているみたいに見えた。

だから私はもう一度二人の男に目をやった。そして彼らが、サン・カルロスの居留地に牛肉を運搬する、ミスタ・ウォルガストのところで働いている男たちであることに気がついた。スウィートメアリで彼らの姿を何度か見かけたことがあった。たいていいつも酔っ払っていたが。しかし彼らの名前を思い出すまでに一、二分かかった。一人はラマール・ディーンで、私とだいたい同じくらいの歳《とし》だ。あるいは一歳くらい年上かもしれない。もう一人の名前はアーリー、ユマ刑務所に服役したことがあると噂《うわさ》されていた。

デルガドは彼らにウィスキーを注いでいたが、それよりは何か他のことをしていたいという顔つきだった。帽子を漏斗のように目の前に傾けたアーリーは、普段はほとんど口をきかないのだが、言った。「ここは誰でもいいから入れちまうのか」「インディアンでも出入り自由なようだ」とラマール・ディーンが言った。彼は二人のアパッチを見ていた。二人が彼の言うことを耳にしていることはわかったが、彼らはまるで注意を払わなかった。もちろん払うわけはない、と私は思い直した。彼らは英語をまったく解さないのだ。

アーリーという名前の男がデルガドに尋ねた。「インディアンにいつから酒を飲ませてもいいようになったんだ?」。デルガドが何と返事をしたのか、私には聞こえなかった。

ラマール・ディーンはカウンターに脇腹をつけるようにして立っていた。だから彼は一人目のアパッチと顔を合わせるようなかっこうになった。「たぶんこいつらはティズウィンで一杯加減になっていたんだろう」と彼は言った。「だからここに入ろうというような、大胆な気持ちになれたんだな」

アーリーは言った。「ティズウィンなんかじゃ、そうなるまでに一週間はかかるぜ」「こいつらには時間だけはたっぷりあるのさ」とディーンは言った。「他には何もなくてもな」

「それはメスカルじゃないか」とアーリーがそこで言った。

ラマール・ディーンはじっと見つめた。「どうやらそうらしいな」と彼は言った。

彼はグラスを手に、一人目のアパッチに近づいていった。肘をカウンターの縁《へり》につけたまま横に移動し、そのアパッチのすぐ隣に立った。アーリーはそのまま動かなかった。

「メスカル」とラマール・ディーンは言った。「しかしそいつはまだ禁止のはずだぞ。べたべた甘いメキシコの酒だって禁じられているんだから」

一人目のアパッチは、何を言われているかわからないまま、自分のグラスを持ち上げた。彼がそれをまさに口に運ぼうとしているときに、ラマール・ディーンが彼を突いた。手を伸ばして、相手を少し押したのだ。メスカルがアパッチの顎《あご》にこぼれ、ヴエストの前にかかった。彼はわけがわからないという顔でラマール・ディーンを見た。それが事故なのかどうか、おそらく理解できなかったのだろう。

「こいつらはすぐに酔払っちまう」とラマール・ディーンは言った。「どうしてだかはわからんが、生まれつきそうできてるのさ」。彼は自分のウィスキーをアパッチの顔の前に上げた。まるで〈おまえも同じことをおれにしてみろ〉と言わんばかりに。

ラッセルが立ち上がったのはそのときだった。彼はラマール・ディーンから目を離さなかったが、その右手はスペンサー銃をつかんだ。そしてその銃は、カウンターまで歩いて行く彼の脇にさげられていた。

ラマール・ディーンはアパッチとしっかり顔を合わせたまま、飲み始めた。アパッチに仕返しをする機会をたっぷりと与えながら、ウィスキーを啜《すす》った。まるで、さあこいよ、おれの腕を突っついてみろや、それから何がおっぱじまるかお楽しみだぜ、と言わんばかりに。そしてウィスキーを飲み干すために、彼の顎が持ち上げられた。ラッセルがまさにそこにいた。しかし彼は相手を突いたりはしなかった。アパッチにかまうんじゃない、と頼みも、命じもしなかった。「誰かに喧嘩《けんか》を売りたいのなら、おれに売れよ」みたいな台詞《せりふ》も口にしなかった。彼はラマールに、自分がそこにいることを知るチャンスさえ与えなかった。

彼はスペンサーの銃身で素速くきれいに宙を払っただけだ。そして何ごとが起こったのか、まったくわけがわからないうちに、ラマール・ディーンが手にしたグラスはその口に当たって粉々になっていた。ラマールはグラスのかけらを下に落とし、手と顔を血だらけにしながら、後ろに跳んだ。

もし何もなければ、彼は次の瞬間にはラッセルに挑みかかっていたはずだ。拳《こぶし》を振るうか、あるいはリヴォルヴァーを抜くかして。しかしスペンサーの銃口が彼の腹に水平に向けられていた。あるいはじかに突きつけられていたかもしれない。アーリーは拳銃に手を伸ばした。しかしそれはあまりに素速く起こったので、彼にも手の出しようがなかった。

ラッセルは言った。「そこまでにしておけ」

ラマール・ディーンは何も言わなかった。きっとしゃべれなかったのだと思う。

ラッセルは言った。「出て行く前に、メスカルの代金を払っていけ」

それがジョン・ラッセルだった。歳は二十一、私よりいくらか年下だったが、アパッチでないことは私と同様だった。ただ彼はアパッチと共に暮らしてきた。山中に逃げ込んだワイルドで自由なアパッチと共に、またサン・カルロスに閉じ込められていたワイルドなアパッチと共に。彼はその半生を彼らのもとで送ってきたし、それが彼を普通ではない人間にしていた。ミスタ・メンデスによれば、彼はおそらく四分の一メキシコ人の血が入り、四分の三は白人の血が入っているということだ。しかしそれについては、もう少しあとでより詳しく語ることにしたい。ここでは、最初に出会ったときの彼についてのみ語るに留めたい。

さて、その三週間後のことだ。そこから語り始めるようにと、私が忠告を受けた時点だ。彼らはトーマス砦《とりで》からマクラレンという娘を、救護馬車に乗せて運んできた。少尉《しょうい》が彼女をアラモサ・ホテルに連れて行った。

そのとき私は「ハッチ&ホッジズ」の営業所の正面に出ていた。そして通りの向こう側にいるその少女の姿をはっきり目にすることができた。彼女は人々にまわりを取り囲まれていたのだが、それでも。歳は十七か十八で、とてもきれいな娘だった。いや、きれいという表現はあたっていないかもしれない。彼女の髪は少年のように短く刈られていたし、顔は日焼けして真っ黒だった。にもかかわらず、彼女の顔立ちが良いことはわかった。一ヶ月以上アパッチと生活を共にしたあとでも、彼らがその娘に対してなしたに違いないすべての行いのあとでも、だ。

誰かが言っていたが、その少女はチリカワ族（アリゾナ州に住むアパッチの部族）の襲撃にあって連れ去られたのだ。そしてその四週間か五週間あとに、彼らの部落に奇襲をかけたトーマス砦のパトロール隊によって救出されたということだった。彼女はしばらくのあいだトーマス砦の中に置かれ、そして今、士官の手で駅馬車に乗せられ、家に向かおうとしていた。家はセント・デイヴィッドのあたりらしい。

ただし、今ではもう南行きの駅馬車は運行していなかった。一週間以上前から駅馬車は一台も走っていなかったのだ。その告知は至るところに張り出されていたのだが、陸軍はいかにも陸軍らしく「ハッチ＆ホッジズ」が駅馬車路線を閉鎖してしまったことを知らなかった。だから彼らははるばるスウィートメアリまで、その娘を連れてきたのだ。人々はその事実を少尉に教えた。しかし少尉は駅馬車会社の人間からじかに話を聞きたがった。だから彼は護衛の兵隊の一人を使いに寄越し、ヘンリー・メンデスはすぐにホテルに出向いた。

私はあの少女がまた外に出てきて、その顔を目にすることができないものかと希望を抱きつつ、なおも事務所の表に出ていた。だからその十五分ばかりあとにジョン・ラッセルが姿を見せたときにも、私はまだそこに留まっていた。

笑う人もいるかもしれないが、私はそのとき暇にあかせて頭に描いていたのだ。私とマクラレンという娘が二人きりで、ホテルのカフェに座っているところを。私たちは話をしていて、私はこんなことを口にしていた。「アパッチの連中と一緒にいるというのは、さぞやおぞましい体験だったでしょうね」と。彼女の目はじっとコーヒーを見つめたままだった。そしてそれについて彼女は何も言わなかった。

だから私たちは違う話をした。私は低い声で、静かにこんなことを言っていた。この営業所は閉鎖されることになるから、私は別の仕事をみつけなくちゃならないんです、と。どこか別の場所に移ることになるでしょう。家族もいないから、ここに留まらなくちゃならないわけもないんです。それから私は、私たちが一緒に旅をしているところを想像した（想像というのは勝手にどんどん前に進んでいくものなのだ）。でも私たちは何に乗って旅するのだろう？

そこで私はマッド・ワゴンのことをふと思い出した。私とミスタ・メンデスがあの日、デルガドの中継所まで乗っていった、僅かなスプリングしかついていない馬車だ。あれならまだここにある。

私はマクラレン嬢に言った。「あなたは早くここを出たがっているようだし、定期運行する駅馬車はもうありませんし、もしよろしければ、ぼくと一緒に馬車に乗っていきませんか？」（だからマッド・ワゴンを使うというのは私が最初に思いついたことなのだ。ミスタ・メンデスがそれに同意しようがしまいが）。

それから私は、彼女がイエスと答え、荷物を取りに行ったりする部分を省略した。そして二人が馬車に乗り込んだ場面から想像を再開した。それは夜で、私たちは南に向かっていた。風のうなりと車輪のかたかたという音にかぶさるように、彼女が泣き始める声が聞こえてきて、私は娘の身体《からだ》に手を回すことだろう。彼女の顎を軽く持ち上げ、慰めとなる言葉を口にすることだろう。彼女は鼻をすすり、身体を寄せてくるだろう。そしてその風変わりな髪型にもかかわらず、彼女が男の子なんかじゃないことを私は実感する。

私は営業所の正面にぼんやり立ったまま、その馬車で私たちが一晩旅するところを、いつまでも想像し続けることができたと思う。しかしジョン・ラッセルの姿を目にしたとたん、マクラレン嬢も馬車も雲散霧消してしまった。それは新しく生まれ変わったジョン・ラッセルだった。

彼は粕毛《かすげ》の馬にまたがり、通りのこちら側のかなり先の方にいた。ずっと前からそこにいたような風情《ふぜい》でじっとホテルを見ていた。煙草を吸っていたことも覚えている。しかし彼に関してまず目についたのは、その帽子だった。まっすぐにかぶられた帽子のつばは僅かにカールしている。

彼は今ではスーツを着ていた。かなり着古したダークグレーのスーツだったが、身体にはよく合っていた。髪もカットされているようだった。耳までかぶさった髪もなく、弾薬帯もかけていない彼は、好奇の視線を招く外見ではなくなっていた。少なくともすぐ近くで見ない限りは。

私が彼をすぐ間近に見たのは数分後のことだ。ミスタ・メンデスがホテルから出てくると、ラッセルが粕毛の馬を軽く足で小突き、営業所の前にやってきた。馬から下りるときに彼は、鞍越しに私を見た。そしてそこには例のあの、何も語りはしないがという表情があった。彼が私を見る目は、その口にウィスキー・グラスを叩《たた》きつける直前にラマール・ディーンを見ていた目とまったく同じ目だった。

彼の前には今はミスタ・メンデスが立っていた。彼は言った、「おまえは本当にそうするつもりなのか？」

「おれがそこに行くのは、その土地を売るためだ」とラッセルは言った。

ミスタ・メンデスはしばらくのあいだ彼をじっと見ているようだった。何かを考えていたのか、ただ見ていたのか、そこまではわからなかった。やがて彼は言った。

「それはおまえ次第だ。おまえは白人にもなれるし、メキシコ人にもなれるし、インディアンにもなれる。しかし今のところ、白人になるのがいちばん割がいい。しばらくは白人らしい見かけをしていることだ。コンテンションに行ったらおまえは、やあ、こんにちはって言うんだ。私はジョン・ラッセルです。ラッセル家の土地を所有しています。何人かは以前のおまえのことを覚えているかもしれないし、覚えていないものもいるだろう。しかしとにかくおまえは、ラッセル家の土地を所有するジョン・ラッセルとして知られることになる。自分の目でそれを見てみるんだな。気に入らなければ売ればいい。気に入れば、売らずに持っていればいい。どうなるか成り行きを見てから決めればよかろう」、ミスタ・メンデスは笑みをさえ浮かべているようだった。

「人生がそれほど単純なものだということを知っていたか？」

「いくつかのことをおれは学んだ」とジョン・ラッセルは言った。「だからこそあれを売るのだ」

彼は粕毛の馬を営業所の前に置いたまま、ミスタ・メンデスと一緒に通りを歩いて渡り、アラモサ・ホテルに向かった。ミスタ・メンデスは私を彼に正式に紹介したりはしなかった。それどころか、私に目を向けようとさえしなかった。それは別にかまわないのだけれど。

少しあとで、うちの事務所の下働きをしているメキシコ人の少年が、ラッセルの馬を引いて馬小屋に連れて行った。そのとき私は営業所にいて、マクラレン嬢を目にするのはもう無理だろうとあきらめかけているところだった。少年がラッセルの丸めた毛布とカービン銃を持って、裏口から入ってきた。そしてそれを乗客用のベンチの上に置いた。私は自分がこう考えたことを覚えている。もしスペンサー銃を手にしていないときに、アラモサ・ホテルでラマール・ディーンなりアーリーなりに出くわしたら、彼はいったいどうするつもりなのだろう、と。

そしてまたこのように思ったことも覚えている。いくら白人の服を着て、白人の名前を名乗っても、彼の中のアパッチ性を隠しとおすことはまず不可能だろうなと。私はアパッチの血のことを言っているわけではない。私が言っているのは、彼のような人生を送ってきた人間が、自分は白人であると言って、まわりの人を納得させられるものだろうか、ということだ。だいたい彼は英語を話すことさえ好まないではないか。そういうのを見ていると、この男は白人たちにもその生活風習にも、おそらく馴染むことはないだろうと思わないわけにはいかなかった。

前にも述べたように、ミスタ・メンデスによれば、彼の血の四分の三はおそらく白人であるということだ。そして残りの四分の一のメキシコ人の血は、母方から来たものだ。ジョン・ラッセル自身は父親の記憶をまったく持っていない。微《かす》かに覚えているのは、メキシコの村での暮らしだ。場所はおそらくはソノラ地方だろう。その当時、アパッチはメキシコの小さな集落《プエブロ》を絶え間なく襲撃し、彼らが必要とするものを片端から略奪していったという話だ。衣服、武器、何人かの女たち、そして時にはアパッチとして育てられそうなまだ幼い少年たち。たぶんそれがジョン・ラッセルの身に起こったことなのだろう。いろんな事実をつなぎ合わせてみると、彼はだいたい六歳から十二歳に至るまで、アパッチのもとで暮らしたようだ。

そこで、かつてコンテンションに在住していたジェームズ・ラッセルなる人物が登場する。そのときラッセルは陸軍への物資補給を請け負う馬車隊を所有していたのだが、トーマス砦にいるときに、そのイシュ・ケイ・ネイという名で呼ばれる少年が、他の虜囚と共に連行されてきたのだ。少年はやがてジェームズ・ラッセルのもとで仕事を手伝うように命じられ、そうするうちに二人は友だちになった。一ヶ月の後、ジェームズ・ラッセルは商売を譲渡して、コンテンションに落ち着くことにしたのだが、彼はそのとき少年を一緒に連れて行って、ジョン・ラッセルというアメリカ風の名前を与えた。五年かそこらの歳月が経過し、少年はそこの学校にまで行った。ところが彼は唐突にその街を離れ、サン・カルロスに行き、インディアンの自治警察に入ってしまった。まるでもう一度アパッチに戻ろうとしたみたいに（彼はここでトレス・オンブレス《三人の男たち》と呼ばれることになるのだが、その事情についてはまたあとで触れたいと思う）。

話をおおむね現在に戻そう。彼は自治警察で三年間を送り、そのほとんどをターキー・クリークとホワイトリヴァーで過ごした。それからまた場所替えをした。独り立ちして、今のようなマスタンガーになったわけだ（馬を馴らすためには自分が飼い馴らされた人間である必要はない、ということなのだろう。というのはミスタ・メンデスの言によれば、ラッセルはずいぶん優秀な腕を持っているということだったから）。

そして一ヶ月前に、ジェームズ・ラッセル氏が亡くなり、コンテンションの郊外にある氏の地所がジョン・ラッセルに遺《のこ》されたという報が、ミスタ・メンデスを通して本人に伝えられた。彼を堂々と駅馬車に乗せてコンテンションに送り込みたいというのが、ミスタ・メンデスの思うところだった。しかしラッセルはずっとそれを先延ばしにしていた。そしてようやく、そうしてもいいと彼が言い出したときには、駅馬車はもう運行を中止していた。前にも述べたように。

ハッチ&ホッジズがスウィートメアリから撤退しようとしていたのは、ひとつにはそこから南に向かう路線の乗客がもともと多くなかったせいであり、またひとつには他のいろんな地域で、鉄道が駅馬車商売を衰退させているせいだった。しかしその日に限って言えば、我々の商売が不振だなんて、まるで嘘《うそ》としか思えないような状況が出し抜けにもたらされていた。

まず最初にマクラレン嬢がやって来た。それからジョン・ラッセルがやって来た。そして彼とミスタ・メンデスが行ってしまったすぐあとに、ひとりの除隊兵がトーマス砦からやって来て、ビスビーまで行きたいのだがと言った。彼は一週間後に結婚することになっていて、一刻も早くそこに着きたがっていた。私が事情を伝えると、彼はホテルまで歩いて行った。

ドクタ・フェイヴァーが姿を見せたのはその少しあとのことだった。

彼とはそのときが初対面だったが、名前だけは耳にしていた。だから彼が中に入ってきて、自らの名前を告げたとき、私にはそれがサン・カルロスでインディアン管理官をしているドクタ・アレグザンダー・フェイヴァーであるとすぐにわかった。

彼の名前を耳にしていたのは、サン・カルロスがすぐ近辺にあったからだが、それほど多くを耳にしたわけではない。人がインディアン管理官に関して多くを耳にするのは、その管理官がたとえばジョン・クラムのように、きわめて優れた人物であるか、あるいはきわめて悪質な人物で、インディアンを犠牲にして私腹を肥やし、逮捕されたりしたような場合に限られている。彼らが離任したり、新しい管理官が着任したようなときにも、話を耳にはさむ程度のものだ。そんなわけで、私はドクタ・フェイヴァーについてあまり多くを知らなかった。知っていたのは、彼はサン・カルロスで二年ばかり任務についており、十五歳年下のずいぶん美しい女性を妻にしているらしい、という程度のことだった。

彼はあまりに唐突に現れたので、私は最初のうち呆然《ぼうぜん》として、たぶん愚かしく見えたに違いない。彼は事務所部分と待合所を隔てるカウンターの上に、両手と帽子を置いて立っていた。まっすぐ私を見て、まったく目をそらせなかった。大柄な男だった。

背が高いわけではないが、体つきががっしりしている。髪は――それほど多くは残されていないものの――赤みがかった茶色だ。顎には手入れの行き届いた半月形の髭が蓄えられ、口髭はない。そういう格好をした人は、あなたもしばしば目にしたことがあるはずだ。

駅馬車が既に運行をやめていることを、彼は承知していた。しかし馬車と御者を個人的に雇うことは可能だろうか？　我々はもう営業をやめておりますし、そういう形でのサービスも行ってはおりません、と私は説明した。しかし可能性はまったく残されていないのかね、と彼は尋ねた。我々はその件についてしばらく話をしていたが、そのうちにふとマッド・ワゴンを使うことを思いついた。彼だけではなく、マクラレン嬢もそこに乗せるのだ。そして前にも思い描いたように、私の隣には彼女が腰掛けているはずだった。

その思いつきに、私の胸はときめき始めた。私はここから抜け出したかった。マッド・ワゴンでかまわないじゃないか。ビスビーに向かう道中で（そこが彼の行きたい場所なのだ）ドクタ・フェイヴァーと話をし、私がこれからどんな仕事に就けばいいか、そういうアドバイスを求めることもできるだろう。ドクタ・フェイヴァーほどの人ならいろんな事情を心得ているはずだし、有力なつてだって持っているかもしれない。そのことと、マクラレン嬢に会えるという想《おも》いとの間を行き来するうちに、そのアイデアはますます素晴らしいものに思えてきた。だから私は営業所の前に戻ってきたメキシコ人の少年に命じて、ミスタ・メンデスを呼びに行かせた。

十五分ほどが経過した。ドクタ・フェイヴァーはカウンターの端にあるゲートからこちらに入ってきて、ミスタ・メンデスのデスクの前に腰を下ろしていた。我々はあまり言葉を交わさず、それで私はまた自分が愚かになったように感じた。そうするうちにミスタ・メンデスが戻ってきた。

彼はそのままゲートの中に入った。私は二人を紹介し、ミスタ・メンデスは肯いた。ドクタ・フェイヴァーは立ち上がりもせず、握手の手を差し出しもしなかった。

彼は言った、「我々は馬車を借り受ける話をしていたのだ」

ミスタ・メンデスは私の顔を見た。「カールは言いませんでしたか？　この営業所はもう閉鎖されているのです」

「しかし君はまだここに馬車を一台持っている」とドクタ・フェイヴァーは言った。

「マッド・ワゴンと彼は呼んでいたが」

「そいつは」とミスタ・メンデスは言って、カウンターに寄りかかった。「我々がここを引き払うときに、帳簿なんかを運搬するためのものなのです」

「またここに戻ってきて、積み込めばよかろう」とドクタ・フェイヴァーは言った。

私は言った、「お二人は金曜日にはビスビーにお着きになりたいそうです」。金曜日は三日後だった。私はそれに付け加えまでした。「その日までに着かないと、具合がよくないのだそうです」

ミスタ・メンデスはただ肩をすくめただけだった。「お役に立てればいいとは思うのですが――」

私は言った。「マッド・ワゴンを使って、またこちらに戻ってくるというのはいかがですか？　それなら問題なくできると思うのですが」

ミスタ・メンデスはそのとき、私が余計な口を出したことでおそらく頭に血が上っていたはずだ。しかし彼は感情をじっと内に収めているようだった。彼は言った、「そうするとして、いったい誰が御者をつとめるんだ？」

「私ができます」と私は言った。それはまさにその場で思いついたことだった。

「このような任務に、会社が未経験な人間に御者をまかせると、君は本気で考えているのか？」

「でも、何ごとにも最初というものがあるでしょう？」と私は言った。

「今、急に君は御者になりたいと思ったわけか？」

「私としてはドクタ・フェイヴァーのお役に立ちたいと思っただけです。もしドクタがビスビーに行かなくてはならないとしたら、会社としてもそのご意向に沿いたいと考えるはずです」

「会社ができる限りの範囲においてはな」とミスタ・メンデスはなおも感情を抑えながら言った。「そのことについては、君と二人であらためて話をした方がよかろう」

「それではドクタ・フェイヴァーには遅すぎるでしょう」

ドクタ・フェイヴァーは言った。「もし彼に御者を任せたいと私が言えば、どうなるのだろう？」

「もし何か事故が起これば、あなたは訴訟を起こすかもしれません」とミスタ・メンデスは言った。

「もし私がその馬車を買い取ったとしたらどうだね？」

しかしミスタ・メンデスは首を振った。「それは私の持ち物ではありませんから、売ることもできません」

「規定料金以上の金を払えばどうだろう？」

「あなたは何があってもそこに行きたいようですね」とミスタ・メンデスは言った。

「だからこそこうして話をしているんじゃないか」

ミスタ・メンデスは首をかしげるように横を向いた。「ホテルの隣に停めてあるのはあなたのバギー（一頭立ての軽装馬車）でしょう。あれをお使いなさい」

「あれは政府の所有物だ」とドクタは言った。「私的な使用に関しては規約がある」

「我々にも規約があります」

「君はいくらほしいのだ？」、ドクタ・フェイヴァーはミスタ・メンデスに負けず劣らず我慢強いようだった。

「そうですね、もしここに御者がいればの話ですが」

「となれば、御者が問題だということだな」

「そして馬もです。四頭から六頭の馬が必要になります」

「いいとも、馬を手に入れてくれ」

「しかし私はそれらの馬に責任を持つことができません」とミスタ・メンデスは言った。「そして中継所ももう機能していないから、同じ馬が最後まで走り通さなくてはならない」、ミスタ・メンデスは肩をすくめた。「もし馬たちが走り通せなかったら、いったい誰がその保障をします？」

「馬も私が買い取ろう」とドクタ・フェイヴァーは言った。

ミスタ・メンデスはとてもゆっくりとではあるが、肯きだした。それでようやく話の道筋が見えてきたとでも言わんばかりに。「そこに行かなくてはならない、よほどの必要があるようですな」

「見たところ」とドクタ・フェイヴァーは言った。「君には御者をつとめる人間のあてがありそうだな」、彼はミスタ・メンデスに視線を注いだまま、椅子《いす》を後ろに押すようにして立ち上がった。「もし私が今からホテルに戻って、夕食をとるとしたら、君には御者をみつけて出発の準備を整えるための一時間の余裕が与えられることになる。六時半ということでどうだろう?」

「今夜のですか?」

「もちろん今夜だ」

「やってみましょう」とミスタ・メンデスは言った。

「やってくれ」とドクタ・フェイヴァーは言った。彼はゲートの外に出て、カウンターの上に置いた帽子を手に取った。

「しかし約束はできませんよ」とミスタ・メンデスは彼の背中へ声をかけたが、インディアン管理官はそのまま歩き去った。もう話は決まったと言わんばかりに。

彼がいなくなると、私はすぐに言った。「ミスタ・メンデス、御者なら私にも務まりますよ」

「駅馬車の御者というのは、君の考えているような容易《たやす》い仕事じゃないんだ」とミスタ・メンデスは言った。

「私は馬たちを何度も囲みから連れ出しています。それにマッド・ワゴンはコンコード（ニューハンプシャー州コンコードの工場で作られた型の馬車で、堅牢で乗り心地の良いことで人気を博した）よりも軽くできています」

「馬車を牽くのは馬だ」と彼は言った。「君じゃない」

我々はそれからもしばらく言い合いをしたが、最後に私は言った。「しかし、他に誰がいるというんですか？」

「その心配はしなくていい」と彼は言った。

「心配しますね。というのは、僕もその馬車に乗っていくつもりだからです」

彼は例の、何ごとも語らない茶色の染《し》みのついた瞳で、まじまじと私の顔を見つめた。自分の顔もそれくらい静かで自然だといいのだが、と私は思った。

「フェイヴァーと話をするためか？　彼と知り合いになりたいのか？」

「いけませんか？」

「いや、別にかまわんよ、カール」

「それから、他の乗客のこともあります」と私は言った。「除隊した兵隊が一人います。それから例のマクラレンという娘もいます」

ミスタ・メンデスは再び肯いた。まるで何かを考えているみたいに。「マクラレンか。そうだな」と彼は言った。「そしてたぶんジョン・ラッセルもな」

私はそれでかまわなかった。「それで乗客は五人になります」と私は言った。

「六人だ」とミスタ・メンデスは言った。

「でも私は御者を務めますが」

ミスタ・メンデスは首を振った。「君は乗客として車内にいる。それでいいだろう」

「しかし」と私は言った。「誰が御者を務めるのですか？」

「私だよ」とミスタ・メンデスは言った。「他に誰がいるんだ？」

それほど唐突にミスタ・メンデスが行くと決めたことに、私はすっかり面食らってしまったが、しばらく考えて、それはとくに驚くほどのことでもないのかもしれないと思い直した。それは金になりそうだと一目で見抜いたのかもしれない。ドクタ・フェイヴァーにつけ込んで値を吊《つ》り上げたのかもしれない。その料金を独り占めすれば、一ヶ月分の給料を三日で稼ぐこともできそうだ。うまい話じゃないか。それがまずひとつの動機だ。

もう一つの動機は、そこにジョン・ラッセルが含まれることだった。ミスタ・メンデスとしては、ジョン・ラッセルが心変わりする前に、彼をなんとか旅に送り出したかったのだと思う。彼がもう一晩をここで過ごして、天井を眺めながら、自分はコンテンションに行くべきではないという理由を列挙し始める前に。今ここで彼を馬車に乗せてしまえば朝までには、もう一度白人社会に入っていくことに、ラッセルの気持ちは慣れてしまっているかもしれない。しかしなぜミスタ・メンデスがそこまで彼のことを気にかけるのだろう？　それはまたいささか首をひねらされることだった。彼がメキシコ人で、ジョン・ラッセルの中にもメキシコの血が部分的に入っているからかもしれない。それで説明になるだろうか？

六時半までにやるべきことはたくさんあった。メキシコ人の男の子に父親を呼びに行かせた。馬と馬車の準備をさせるためだ。ミスタ・メンデスはホテルに行って、ジョン・ラッセルとマクラレン嬢を呼んでくると言った。それからできればその除隊兵も見つけてこようと。またあとで会おうと彼は言った。

彼と別れる前に私は、私も一緒に行ってしまうことを忘れないでほしいと言った。彼はその場で私の最後の給料を支払ってくれた。その時点で私はもうハッチ＆ホッジズの社員ではなくなったわけだ。これから何をすればいいのかまるでわからないながら、なかなか悪くない気分でもあった。

まず最初に私は下宿に戻り、スーツに着替えた。服はかなり古いもので、今ではかなり窮屈になっていて、実際より私をやせっぽちに見せたが、旅行のあいだ身につけるだけならそれで間に合いそうだった。スウィートメアリで新しい服を買う気にはあまりなれない。銃を買うことも考えたが、やはり思い直してやめた。そんなことをしていたら、街を出る前に一文無しになってしまう。それから母に手紙を書いた。母は、彼女の姉のR・V・ハンガフォード夫人と一緒にマンザニータで暮らしている。自分は今の職を離れるが、どこか落ち着ける場所を見つけたら、またあらためて手紙を書くと書いた。それから持ち物を毛布で巻いてそこを出て、簡単に食事をとった。営業所に戻ったのは六時半少し前だった。

ジョン・ラッセルがそこで待っていた。左手の壁についたベンチに彼は腰を下ろしていた。隣に置いた毛布ロールに、弾薬帯が巻き付けてあった。スペンサー銃の銃身と銃床が、毛布の両端からのぞいていた。

正直なところ、彼の姿は私をぎくりとさせた。というのは、事務所の中はうす暗くて、そこに誰かがいるとは予想していなかったからだ。私は自分の毛布ロールをドアの脇《わき》に置き、回り込んでカウンターの奥に入り、乗客リストと切符を作り始めた。正式にやっておくに越したことはあるまい。それから何となく妙なものだなと思った。部屋の中に二人の人間がいるのに、どちらも口をきかないというのは。

だから私は言った。「駅馬車に乗る支度はできましたか？」

彼は目を上げ、肯《うなず》いた。それだけ。

「馬はどうしたんです？」

「ヘンリー・メンデスが買った」

「いくらで？」

「彼にきけばいい」とラッセルは言った。

「ちょっと尋ねただけです」

「彼にきけ」とラッセルは繰り返した。

べつにかまやしない、と私は思った。そしてリスト作りを続けた。私は全員の名前を書き出したが、除隊兵の名前だけはわからない。名前を聞いていなかったからだ。私はとりあえず「除隊兵」とだけ書いておいたが、その後それを書き直すことはなかった。その数分後に、本人がキャンバスのバッグを肩に担《かつ》いで姿を見せたときにも。

彼はバッグを肩から放り出すようにどすんとカウンターの上に置き、上着のポケットに手を突っ込んだ。

「料金はいくらだね？」

「ミスタ・メンデスにお会いになったのですね？」と私は言った。そして彼に料金を告げた。

「細かい事情までは知らんが」と彼は言った。「とにかくおれはそいつに乗る」

私がオレンジ色の切符を一枚切り、またもう一枚を切るのを彼は待っていた。「もし途中の中継所が開いていたら、その切符を見せて食事を出してもらってください。飲み物は別料金です。目的地に着いたら、切符を渡してください。もう一枚はあの方の切符です」、私はラッセルの方を顎で示した。「渡していただけますか?」

除隊兵はベンチの方に歩いて行きながら、切符を眺めた。彼は体格の良い男で、コートは背中のところできつそうに突っ張っていた。年齢は三十七か三十八かそれくらいだろう。「あんたはコンテンションまで行くんだね」と彼はラッセルに切符を渡しながら言った。「おれはそこで乗り換えてビスビーまで行く。昨日までは陸軍にいたが、来週は鉱夫になっている。その翌週には女房をもらう。話はもう決まっていて、彼女はおれを待っている。そういうのってどう思うね?」

ジョン・ラッセルは毛布ロールを自分の方に引き寄せ、空いたところに除隊兵が座り、キャンバス・バッグに両足を載せた。「おたくは、ランプの石油代を節約しているのかね?」と除隊兵が私に言った。

「まあ少しつけましょうか」。私はカウンターを回ってそちらに行って、天井から下がっている石油ランプにマッチで火をつけた。ちょうどそのとき、馬車がやってくる音が聞こえた。「みなさん、来ましたよ」と私は言った。

隣の資材置き場から、かちゃかちゃ、からからという音がこちらに近づいてくるのが聞こえた。それから窓の外に馬車の姿が見えた。コンコード馬車よりも小振りで、側面についたキャンバスのカーテンはほとんど完全に引き上げられ、留められ、中が丸見えになっていた。馬車は中庭から曲って出てきて、もう次の瞬間にはかちゃかちゃ、からからという音は事務所のすぐ前にあった。四頭の馬がマッド・ワゴンを牽《ひ》いていた。そして二頭の予備の馬が、馬車の後ろに二十フィートほどの長さの綱で繋《つな》がれていた。

除隊兵が言った。「こいつが鉱石を満載した作業用の馬車だったとしても、おれは文句は言わないよ」

「マッド・ワゴン《泥馬車》は文字通り、主として雨天用に使われる馬車なんです」と私は説明した。「重いコンコードではぬかるみにはまり込んで、身動きがとれなくなることがあります。でもこれなら三組の馬でおおかたの難所は乗り切れます」

メキシコ人の男の子とその父親は御者台にいた。それから通りを横切ってきたらしいミスタ・メンデスがそこに立っていた。「さあ、出発するぞ」と彼は言った。そしてジョン・ラッセルを見た。「おまえの鞍《くら》はもう馬車に乗せてある。私はすぐに出発の用意をしてくるから」

彼が階段を上っていく音を聞いてから、私はみんなに説明した。実は自分が御者をつとめようと提案したのだが、私自身も今では乗客の一人であり、それでは社の規則に反することになる、と。「誰が御者の隣に座るかについては会社の決まりがあるのです」、私はそう言いながら、ジョン・ラッセルの顔を見た。彼に何か考えがあるだろうかと思いながら。しかし私の話はそこで中断した。

中に入ってきた男は、牧童のような格好をして、鞍を手に提げていた。彼は鞍をドアのすぐ内側に放り出し、私の顔を見据えながらまっすぐ前に進んできた。微笑《ほほえ》みは浮かべていない。友好的に話を進めようというような気配はうかがえない。

カウンターの前まで来ると、長身であることがわかった。馬に乗り慣れた男らしい、すらりとした筋肉質の身体、拍車が立てるちりんちりんという音。彼のまわりにはまだ土埃《つちぼこり》と馬の匂《にお》いが漂っているようだった。そして彼の姿は、ラマール・ディーンやアーリーや、あるいはこれまでに見た同類の連中全員とほとんど変わるところがなかった。すべてが同じ材料から作り上げられ、兄弟みたいな同質の連中と一緒でなければ、微笑みを浮かべることはまずない。そして仲間たちと一緒にいるときには、彼らは常にうるさい。大声で話し、大声で笑う。この男は44口径コルトを腰に差していた。帽子は前に深く傾けられ、つばはほとんど先端が尖《とが》るくらいカールしていた。帽子は頭の上にだらしなく載っていたが、それは彼の身体の一部と化しているように見えた。

「フランク・ブレイデンだ」と男は言った。彼の両手はカウンターの縁に大きく広げられていた。

私は言った、「どのようなご用でしょう？」。まるでまだハッチ＆ホッジズで働いている人間のように。

「表に停めてある馬車の切符を売ってくれ」

「これは特別の運行なんです」

「それは聞いた。だからそいつに乗りたいと言っているんだ」

私はカウンターの上の四枚のオレンジ色のカードに目をやった。それを一列に並べながら。「馬車はもう満員になっています。ここに四人、それからあと二人います。それ以上人を乗せることはできません」

「あと一人乗れる」と彼は言った。それは質問ではなく、声明だった。

「どのようにしてですか？」

「御者台に乗る」

「一般の方が御者の隣に乗ることは許されていません。これは会社の規則です。ここにいる皆さんにも説明していたところです。座席に乗る人と運転席に座るものは、はっきり分けられています」

「彼らも行くのか？」、彼はベンチを顎で示した。

「そうです。二人共です」

彼は何も言わずに振り向き、柔らかなちりんちりんという拍車の音を立てながら、ジョン・ラッセルの前に行った。

彼は言った、「あのカウンターの男は、あんたは駅馬車の切符を持っていると言った」

ジョン・ラッセルは膝《ひざ》の上に載せた片手を開いた。「これか？」

「それだ。そいつをおれに譲って、あんたは次の駅馬車で行くといい」

「おれはこの駅馬車に乗る必要がある」とラッセルは言った。

「いや、あんたは乗る必要があるのではなく、ただ乗りたいというだけだ。でもそんなに急ぐことはあるまい。今夜はここでゆっくり酒でも飲んでいればいいだろう。どうだね？」

「おれはこの駅馬車に乗る必要がある」とジョン・ラッセルは言った。「これに乗る必要があるし、また乗りたい」

「その人にかまうんじゃない」と除隊兵がそこで口をはさんだ。「あんたは出遅れたんだよ。別の方法を自分で探すんだな」

フランク・ブレイデンは兵隊の顔を見た。「今なんて言った？」

「その人にかまうんじゃないって言ったんだよ」、彼の声のトーンが変化した。突然その声はより友好的に、より穏《おだ》やかになった。「その人はこの駅馬車に乗りたがっているんだ。乗らせてやればいい」と除隊兵は言った。

フランク・ブレイデンが除隊兵の顔を見ようと身体の向きを変えたとき、ちりんという音がもう一度聞こえた。彼はじっと兵隊の顔を見て、言った。「じゃあ、代わりにおまえさんの切符を使わせてもらおう」

除隊兵は前から姿勢を変えていなかった。大きな両手が膝の上にあり、両足はキャンバス・バッグの上に置かれていた。「あんたはここにふらりと入ってきて」と彼は言った。「他人の切符を横取りしようっていうのか？」

ブレイデンの尖った帽子のつばが上下した。「そういうことだ」

除隊兵はジョン・ラッセルをちらりと見て、それから私を見た。「こいつはきっと何かの冗談なんだろうな」と彼は言った。

ラッセルは何も言わなかった。彼は巻いておいた煙草《たばこ》に火をつけた。宙に煙を吐きながらブレイデンの顔を見ていた。

「おれが冗談を言うためにわざわざここにやってきたと思っているのか?」とブレイデンは除隊兵に尋ねた。

「なああんた、この人はコンテンションまで行くんだ」と除隊兵は説明した。「そしておれはビスビーまで行く。十二年軍隊を勤め上げたあとで、結婚するんだ。我々には行くべき場所があるし、席を譲らなくちゃならんいわれはない」

「我々っていったいなんだ?」とブレイデンは言った。「おれはあんたに向かって話をしているんだぜ」

除隊兵は口にすべき言葉を失っていた。そしてその身体の大きさにもかかわらず、自分の前に立ちはだかり、一歩も譲ろうとはしないブレイデンに対してどのように対処すればいいのか、途方に暮れていた。彼はもう一度ラッセルをちらりと見て、それから切羽詰まったような目で私を見た。「おたくはいったいどういう商売をしているんだ」と彼は言った。「この男がずかずかと入ってきて、おれの席を奪おうとしている。料金だってしっかり払ったんだぞ。こんなやつに勝手な真似《まね》をさせておくつもりか?」

「ミスタ・メンデスを呼んできます」と私は言った。「彼は二階にいますから」

「彼は何が起こっているかを知らなくてはならん」と除隊兵は言って、立ち上がろうとした。ブレイデンは一歩進み出て、除隊兵は彼を見上げた。ほとんど真上を見上げるように。彼は怖がっているが、怖《おそ》れを顔に出さないよう努めているようだった。

「これはおれたちのあいだの問題だ」とブレイデンは言った。「まわりの人間を巻き込むんじゃない」

除隊兵は度胸を取り戻したようだった。ここはひとつ腹を決めなくてはならないと覚悟したのだろう。彼は言った。「よし、ここで話をつけようじゃないか」

ブレイデンはひるまなかった。彼は言った、「銃は持っているか？」

「おい、ちょっと待て」

「もし持っていなかったら、取ってきた方がいいぜ」とブレイデンは言った。

「そんな風に人を脅すことはできないぞ」と除隊兵は言った。「あんたがおれを脅したことを見ている証人はいるんだからな」

ブレイデンは首を振った。「いや、みんなはあんたがおれを汚い名前で呼んだことを耳にしているのさ」

「汚い言葉など口にしてはいないぞ」

「たとえみんなは聞いていないとしても、おれは聞いた」とブレイデンは言った。「そいつはとんでもない言いがかりだ！」

「表の通りに出ている」とブレイデンは言った。「あんたが一分以内に出てこないようなら、おれの方からここに戻ることになる」

それでけりはついた。除隊兵はブレイデンをじっと見上げていた。首の筋肉がぐいと浮き出て、両手は広げられ、膝をきつく握りしめていた。窮地に追い込まれながらも、彼はなんとか威厳を保った。自分が尻込《しりご》みをし、そこで決着がついてしまったことを認めつつも、彼は壁に背中をもたせかけたまま、少しずつしかその様子を表に出さなかった。その変化は傍目《はため》にはほとんど映らないほどだった。ブレイデンは片手を前に差し出し、除隊兵は相手に自分の切符を与えた。それからバッグを持ち上げ、何も言わず外に出て行った。

ブレイデンは切符の代金を払おうという素振りさえ見せなかった。彼は除隊兵が部屋を出て行くのをじっと見守っていた。それから鞍を持ち上げ、馬車まで運んだ。外に出ていっても、彼がすぐそばにいるという感覚があった。私は自分が何もしなかったことで後ろめたい気持ちになった。あるいはラッセルが何もしなかったことで。私は彼にカウンターに来てくれと合図した。彼は急ぐでもなく、のんびり煙草を踏み消しながらやってきた。

「ねえ」と私は言った。「我々は何かをするべきじゃなかったのかな？」

「おれには関係のない問題だ」とラッセルは言った。

「しかしもし彼があんたの切符を取り上げようとしていたら？」。私はじっと彼の顔を見た。すぐ間近に見ると、彼がまだ年若いことがわかった。顔はほっそりとして、暗い色の肌に埋め込まれたように、不思議なくらい青い瞳《ひとみ》があった。

ラッセルは言った。「まず見定めるべきは、相手が命をかけてまでそれを手に入れようとしているかどうかだ」

「誰が見てもそのように見えたが」と私は言った。

「もしそれがはっきりしていて」とラッセルは言った。「あんたにとってもその切符が同じほど大事だとすれば、それを守るためにあんたは何かをしなくちゃならん」

「でもあの兵隊は銃を持ってもいなかったようだ」

ラッセルは言った。「銃を持つ持たないは、本人が決めることだ」。彼の話し方そのものに、私はいささかむかっとした。あまりに冷淡ではないか。

「彼ならあんたを助けようとしただろうね。そうじゃないか？」と私は言った。

「さあ、そいつはどうだろう」とラッセルは言った。「仮にそうなっていたとしても、それはあの男の勝手だ。彼にはかかわりのない問題だったのだから」

それだけ言うと、彼は歩いてベンチに戻った。ちょうどそのときにメンデスが部屋に入ってきた。上着を着て帽子をかぶり、鞄《かばん》と銃身を短く切ったショットガンを手にしていた。

「時間だ」とメンデスは言った。その声には幸福そうな響きさえ聞き取れた。自分の机から何かを取るために、彼はゲートを抜けて中にやってきた。その機会を捉《とら》えて私はブレイデンがさっきやったことを彼に説明した。いかにも腹に据えかねるという口調で話したから、ブレイデンのやり口について私がどう思っているかは、メンデスにも間違いなく伝わったはずだ。

「じゃあ、乗客は六人のままなんだな」とメンデスは言った。ただそれだけ。

それが八月十二日の火曜日に、スウィートメアリを出発した六人の乗客の顔ぶれだった。メンデスも加えれば七人になる。

出発の直前には大したことは何も起こらなかった。ラッセルは御者台のメンデスの隣に座っていいかと尋ねた。話したいことがあるからと言って。

「話すだと」とメンデスは言った。「ここじゃ自分の声だってろくに聞こえやしないよ」。そしてラッセルを馬車の中に押し込んだ。「さあ乗れよ。馬車の乗り心地をゆっくり味わうといい」

　それからメンデスとドクタ・フェイヴァーとの間で話し合いがあった。馬車は貸し切りということだったが、なぜ他にも乗客がいるのか、というようなことだ。メンデスがこう言うのが聞こえた。「まだその金を、私は目にしちゃいないんでね」と。二人はそれから何ごとかを語り合っていたが、やがて話はついたようだった。

　馬車の中の席順は以下のようになった。ラッセルとマクラレン嬢と私が進行方向に後ろ向きに座り、その向かい側にブレイデンとミセス・フェイヴァーとドクタ・フェイヴァーが座った。それは完璧《かんぺき》な席順だった。我々はしばらくの間、無言のままそこに座っていた。メンデスがサイド・カーテンを下ろしたので、馬車の中はほとんど真っ暗だった。馬車が底面に張られたバネつき皮革の上で、ごとごとと上下に振動するのが身体《からだ》に感じとれた。下働きの少年は旅客荷物を後部の物入れに詰め、その上にキャンバスの覆《おお》いをかけていたからだ。

　私はマクラレン嬢にどのように話しかければいいのか、頭の中であれこれ思案を巡らせていた。彼女が自分の隣に座っているなんて、ほとんど信じがたいことだった。しかし彼女に声をかける前に、然《しか》るべき時間を置く必要があると私は思った。まずは彼女の気持ちを落ち着かせ、その場の空気に馴染《なじ》ませなくてはならない。

そこで私はまず、頭の中に彼女の顔を思い描こうとした。顔をまっすぐ見るには、彼女はあまりに私の近くにいすぎたからだ。でも彼女がすぐそこにいることが、私にはひしひしと感じ取れた。彼女の姿を描くとき、女性というよりは少年に近いという印象を人は持つだろう。でも顔はそうじゃない。そこにあるのはあくまで少女の瞳を具《そな》えた少女の顔だ。男の子のように見えるのは彼女の身体と、その動きのせいだ。ほっそりとした身体つき、ホテルの階段を上っていくときの足取り。それは今にも走っていって水に跳びこむ、そんな感じなのだ。濡《ぬ》れた短い髪を煌《きら》めかせ、額に張りつけながら水から出てくる彼女の姿を、私はありありと想像することができた。なぜかはわからないが、微笑んでいる彼女の顔を思い浮かべることもできた。

ミセス・フェイヴァーはマクラレン嬢をじっと見ていた。正面からしげしげと眺めていた。だから私はミセス・フェイヴァーを眺める機会を得ることができた。オードラというのが彼女の名前で、疑いの余地なく美しい人だった。瘦《や》せてはいるがそれでも、なんと言えばいいのだろう、その外見には見違えようもない女性らしさがあった。それが彼女の中心をなすものだった。もし誰かが私に向かって「女性《ウーマン》」という言葉を口にするとき、たとえば「あの女性を目にするべきだったよ」とか「あれこそが女性というものだよ」とか言うとき、私はおそらくオードラ・フェイヴァーの姿を思い浮かべることだろう。それもインディアン管理官夫人であるミセス・フェイヴァーとしてではなく、オードラとして。

それは、彼女が夫と連れ添ってはいないという感覚を、人が抱いてしまうためだ。ドクタ・フェイヴァーは彼女より少なくとも十五歳は年上で、とすれば彼女は三十歳前後ということになるし、ドクタ・フェイヴァーはたまたま彼女の隣に座っている男のようにしか私には見えなかった。なかなか面白い見ものになりそうだな、と私は思った。彼女はその男に対してなんらかの関心を払うのだろうか？

フランク・ブレイデンがミセス・フェイヴァーをまっすぐ見ていることに私は気づいた。彼は首を曲げ、顔を彼女の顔にほとんどつけるようにして、彼女の顔をあけすけにうかがっていた。車内が暗いから、誰にも気づかれないだろうと思っていたのかもしれない。あるいは誰に気づかれようと知ったことかと開き直っていたのかもしれない。

出発する直前に、私は上着をまっすぐにするために席を立ち、そのときにマクラレン嬢の様子を盗み見た。彼女の目は伏せられてはいたが、閉じられてはいなかった。その日は自分の両手を見下ろしていた。ラッセルは帽子を前に少し傾け、やはり自分の両手を見ていた。両手は膝の上で重ねられていた。

もし彼がその人生の大半を、それもほんの少し前まで、アパッチと共に送ってきたと知ったら、みんなはいったいどう思うだろうと私は考えた。それは何か違いをもたらすだろうか？　たぶんもたらすだろう。でも自分はその中には入らないだろう——私はそう思った。なぜ私がそのとき、自分をみんなから除外しなくてはならなかったのか、よくわからない。本当の気持ちを言えば、ラッセルが車内に同席していることを、好ましいことだと私は考えていなかったからだ。

馬車が前に進み出したとき、私は言った。「さて、これからしばらく皆さんとご一緒することになるようです」と。

TWO

ミセス・フェイヴァーがマクラレン嬢に話しかけるまで、とくに誰も口をきかなかった。彼女はその少女をずいぶん長いあいだ無言のうちに見ていたのだが、とうとう話しかけた。「それはインディアン・ビーズなの？」

マクラレン嬢は顔を上げた。「ロザリオよ」

「どうしてそれがインディアン・ビーズだなんて思ったのかしら？」とミセス・フェイヴァーは言った。彼女の声は柔らかく、どことなく気怠《けだる》い響きを含んでいた。からかって言っているのか、それとも真面目《まじめ》に言っているのか、往々にして見分けのつきにくい種類の声音だ。

「インディアン・ビーズだと言ってもかまわない」と少女は言った。「私が自分で作ったものだから」

「あなたのその経験のあいだに？」

ドクタ・フェイヴァーが言った。「オードラ」、とても低い声だった。静かにしているようにとその声は妻に告げていた。

「あなたにいやなことを思い出させていないといいんだけど」とミセス・フェイヴァーは言った。

気がつくとブレイデンはその少女を見ていた。「何があったんだ？」と彼は言った。

マクラレン嬢はすぐには答えなかった。ミセス・フェイヴァーは少女の方に身を乗り出した。「話したくないのなら、話さなくていいのよ」

「私はかまわないわ」とマクラレン嬢は言った。

ブレイデンはなおも彼女を見つめていた。彼は再び言った。「何があったんだ？」

「知らない人はいないと思っていたけど」とマクラレン嬢は言った。

「うむ」とブレイデンは言った。「おれはしばらくよそに行ってたものでね」

「この子はアパッチにさらわれたの」とミセス・フェイヴァーは言った。「彼らと一緒にどれくらいいたんだっけ、一ヶ月？」

マクラレン嬢は肯《うなず》いた。「もっと長く感じられたけど」

「それはそうよね」とミセス・フェイヴァーは言った。「ひどい扱いはされなかった？」

「予想されるとおりのことよ」

「女の人たちと一緒にされたのでしょう？」

「まあ、私たちはだいたいにおいて移動していた」

「キャンプをしているときということだけど」

「いいえ、いつもというわけではなかった」

「彼らは——あなたに苦しい思いをさせた？」

「そうね」とマクラレン嬢は言った。「この出来事そのものが、私にとってまずは苦しいことだったと思う。でも私はそのことをそんな風に考えはしなかった。女たちの一人は私を坊主頭《ぼうずあたま》にした。どうしてかはわからない。今は少しずつ伸び始めているけど」

「私が言っているのは、連中はあなたに苦しい思いをさせたかということ」とミセス・フェイヴァーは言った。

ブレイデンはまっすぐ彼女の顔を見た。「もっとわかりやすく言った方がいいぜ」と彼は言った。

ミセス・フェイヴァーは聞こえなかったふりをした。彼女はマクラレン嬢にしっかりと視線を注いでいた。彼女が何を聞き出そうとしているのかは明らかだった。とうとう彼女は言った。「インディアンたちが白人女性にどんなことをするか、いろんな話を耳にするから」

「連中はインディアンの女にするのと同じことを、白人の女たちにもするのさ」とブレイデンは言った。そのあとしばらく誰も口をきかなかった。車輪のかたかたという音、風がひゅうっと吹きすぎていく音、それらはすべて外から届く音だった。馬車の中はしんと静まりかえっていた。

話題を変えるために、誰かが何かを言い出すべきだと、私は考え続けていた。まず第一に、ジョン・ラッセルがいる前でアパッチについての話が出ることに、私は気まずいものを感じていた。第二に、ブレイデンはご婦人が同席している場で、そのようなあからさまなことを口にするべきではなかった。たとえその話題を持ち出したのがミセス・フェイヴァーであったとしてもだ。ドクタ・フェイヴァーが彼女にもう一度何かを言うのだろうと思ったが、彼は何も言わなかった。これなら七百マイル離れたところにいても同じかもしれない。ドクタ・フェイヴァーの手はサイド・カーテンを少し開き、その目は外の暗闇《くらやみ》を見つめていた。

私は本当はこう言いたかった。ブレイデンさん、あなたはここにご婦人方がいらっしゃることに留意されるべきですよ、と。でも代わりに私はこう言った。「ご婦人方は、そのような話題をあまり喜ばれないかもしれないですよ」と。それは間違いだった。

ブレイデンは言った。「どんな話題だ？」

「アパッチ・インディアンとか、その類《たぐ》いの話です」

「おまえが実際に言いたいのはそういうことじゃなかろう」とブレイデンは言った。

「ブレイデンさん」とマクラレン嬢が言った。彼女の両手は膝《ひざ》の上に重ねて置かれ、目は彼を直視していた。「しばらく静かにしていていただけませんか？」

ブレイデンは他のみんなと同様、それを聞いてびっくりしたみたいだった。「あんた、ずいぶんあけすけにものを言うな」

「他にどう言いようがあるのですか？」と彼女は言った。

「おれは今、この坊やに話をしているんだぜ」

「でもそれは私にかかわる問題です」とマクラレン嬢は言った。「ですから、このまま口を閉じていていただければ嬉《うれ》しいのですが」

それを言うだけでも、彼女にとって容易《たやす》いことではなかったに違いない。ただひとつ問題は、その発言がブレイデンを更に刺激したことだった。「まともな娘がそんな話し方をするかね」、彼は娘の顔を見ながらそう言った。「あんたはあの連中と長く暮らしすぎたんだろう。そうに決まっている。あいつらとしばらく一緒にいれば、白人の話し方を忘れちまうんだ」

私はラッセルの顔を見ることも、その反応をうかがうこともまったくできなかった。しかし少しあとで、これから何が起ころうとしているかが、私にも見て取れた。そしてなんとか話題を変えなくてはと、懸命に頭を巡らせ始めた。

「白人の女性が、彼らと同じ生き方をすることなんてできない」とミセス・フェイヴァーが言った。「アパッチの女たちはごしごしと肌をこすり、トウモロコシを噛《か》み砕くのよ。髪はべたべたで、黴菌《ばいきん》だらけ。男たちはもっとひどい。みんな輪になって立つか、かがみ込むかして、身体をぼりぼり掻《か》いている。そして犬たちがくんくんその匂《にお》いを嗅《か》いでいる。彼らは犬を食べることもあるのよ」

彼女はまたマクラレン嬢を見ていた。何か目当てがあるようだったが、それがどんなことか、私には見当がつかなかった。「白人女性が彼らの手に落ちて」と彼女は言った。「しばらくしたらもうつらく思わないなんてことがあるかしら？　手づかみでものを食べるとか、あるいは犬まで食べさせられるとかして、それを何とも思わないなんて？」

そして来たるべきものがやってきた。

ジョン・ラッセルが言った。「他に何も食べるべきものがなかったら？」。それは、馬車がスウィートメアリを離れてから彼が口にした最初の言葉だった。声は静かだったが、そこには尖《とが》ったものが含まれていた。

ミセス・フェイヴァーは視線をマクラレン嬢からラッセルに移した。

「いくら空腹だからといって、あのキャンプにいる犬を食べようなんていう気持ちにはならないわ」

「そう言い切る前にあんたは」とジョン・ラッセルは言った。「あの連中がどれほど腹を減らせているかを知るべきだな」

「政府は彼らに肉を供給しています」とミセス・フェイヴァーは言った。「毎週のように彼らは牛肉の配給を受け取りに来るし、私はそれを目にしてきたわ。それに彼らは猟を許可されているのよ。配給で足りなければ、好きなだけ猟をすることができる」

「配給は常に少ない」とラッセルは言った。「あるいは質も良くない。そして狩猟で全員の胃袋を満足させるには、獣の数は少なすぎる」

「インディアンたちがいかに白人によって弾圧されているかという話が世間に流布《るふ》し

ている」とドクタ・フェイヴァーが言った。彼がみんなの話を耳に入れ、今ではそれに興味を抱いているらしいことを知って、私は驚いた。

彼は言った。「インディアンたちの置かれている窮状に対する同情が世間にある限り、その手の話はこれからもさんざん耳にするだろう。それは良いことでもある。しかし、サン・カルロスのようなインディアン居留地でしばらく暮らしてみるといい。インディアンの世話をするのは容易《たやす》いことではない。ただ食料と衣類を与えればいいというものではないのだ」

彼はそのあいだじっとジョン・ラッセルの顔をうかがっていた。そして注意深く言葉を選んだ。「そうすれば、内務省がどのような問題に直面しているか、わかるはずだ」と彼は言った。「インディアンの側には抜き差しがたい憤《いきどお》りがあり、不信感があり、おまけに連中は農耕を嫌っている」

「彼らが望まない生き方を押しつけられるからだ」とジョン・ラッセルは言った。

「それもある」とドクタは同意した。「しかし今のところ、それ以外の道はない」、彼の目はまだラッセルを見ていた。「サン・カルロスに誰か知り合いがいるのかね？」

「多くを知っている」とラッセルは言った。

「訪れたこともあるのか？」

「そこに住んでいた。三年のあいだ」

「君の顔には覚えがない」とドクタは言った。「糧食運搬の仕事をしていたのか？」

「警察の仕事だ」とラッセルは言った。

ドクタ・フェイヴァーは何も言わなかった。しかし彼はなおじっとラッセルを見つめていた。あたりは暗くて、その表情までは読み取れなかった。

それから彼の妻が言った。「でも居留地の警察は全員がアパッチよ」

彼女はそこで話をやめた。人々の耳に届くのは、車輪のがたごとという音と、軋《きし》みと、吹きすぎていく風の音と、馬たちの鈍い蹄《ひづめ》の音だけになった。

ここで彼は事情を説明するのだろうと私は思った。みんながその話を信じるか信じないか、そこまで予測はつかないにせよ、少なくとも何かは語るだろうと。

しかしジョン・ラッセルは何ひとつ口にしなかった。ただの一言も。どのように事情を説明するべきか思いを巡らせているのだろうと、私は思った。もちろん彼の心の中まではわからない。しかし何かは考えていたはずだし、それがどんなことだったかを知るためなら、私は何だって進んで差し出しただろう。そんな重くるしい沈黙の中で、どうやって彼がじっとそこに座っていられたのか、私などにはとても計りかねるところだ。

ようやくミセス・フェイヴァーが口を開いた。「まあ、わからないものよね」

わからないって、何がわからないのだろう、と私は思った。世の中にはわからないことは山ほどある。とはいえ、彼女の言わんとするところはかなり明白だった。

ブレイデンは私を見ていた。そして言った、「おたくは、誰彼かまわず客にしちまうみたいだな」

「私はもうこの会社の社員ではありません」と私は答えた。いかにも女々《めめ》しい逃げ口上であることは認める。しかしなぜこの私がジョン・ラッセルを擁護しなくてはならないのだ？

それは私の問題ではなかった。ラッセルは除隊兵を助けようとはせず、それは自分には関わりのない問題だと言った。そういうことなら、私だって同じように振る舞うだけだ。これは私には関わりのない問題なのだ。もし彼が野卑に振る舞いたいのであれば——それが彼の本性であることは見れば見るほど明白になっていった——放っておけばいい。好きなように振る舞わせておけばいい。

私は彼の父親ではない。もう立派な大人なのだ。もし何か言いたいことがあるのなら、自分の口からはっきり言えばいい。

しかし彼は自分のことを、本物のアパッチだと見なしていたのかもしれない。そういう考えはそれまで私の頭に一度も浮かばなかった。彼の心の中をのぞき込むことができたら、それはきっと興味深いことだったろう。ほんの数分間でいい。彼の目を通してあたりを見回し、彼の身に起こったことを振り返って眺めるのに、ぎりぎり足りる程度の時間でいい。それによっていろんなことがわかるはずだ。

私はヘンリー・メンデスがラッセルについて語ったいくつかの物語を思い返してみた。そこにあるいろんな小さな断片を一つに繋《つな》げてみた。

彼はメキシコの小さな集落で、フアンなんとかとして暮らしていた。アパッチがそこを襲撃し、何人かの女たちと子供たちをさらっていった。彼はイシュ・ケイ・ネイという名前をつけられ、チリカワ族に育てられ、部族の副酋長《しゅうちょう》の一人であるソンシチエイの息子となった。五年間そこで暮らして、彼は実に多くのことを学んだに違いない。

そのあと十六歳くらいになるまで、彼はコンテンションでジェームズ・ラッセル氏と一緒に暮らした。そこで学校にも通った。喧嘩をして、もう少しで相手の子供を殺してしまうところだった。おそらくそうするにはそうするだけの理由があったのだろう。しかしその少しあとで彼は街を離れた。となれば、その喧嘩には正当な理由などなかったのかもしれない。あるいは彼はただ、何かを教わるようにはできていなかったのかもしれない。

それからもっとも興味深い部分がやってくる。ジョン・ラッセルはいかにして「トレス・オンブレス」という新しい名前を得たか。

第三騎兵隊がチャトとチワワの部族を追ってメキシコに越境した戦役では、彼は補給ラバ隊と共にいた。そしてシエラマドレ山脈の草原でその名称を獲得した。テソラバビの村から二日ほど西に行ったところだ。

彼は補給路からはぐれてしまったラバ隊を捜索していた。一日中その隊を探して、ようやく発見した。三人の人夫と十八頭のラバたちだ。夕暮れの一時間前だったが、そのとき出し抜けに峡谷の壁から銃撃を受けた。彼らはそこに釘付《くぎづ》けにされ、四頭のラバが倒れた。

ジョン・ラッセルはその当時はファンとかファニートとか呼ばれていた。しかしアパッチ警察の年長の人々のあいだでは、イシュ・ケイ・ネイとしてより知られていた。彼は迷うことなくあと六頭のラバを撃ち殺し、彼と人夫たちはその死んだラバの陰に隠れて一晩を、そして翌日一日を過ごした。九人か十人のアパッチたちは二度襲撃をかけてきた。一度目彼らは叫び声を上げながら走ってきたが、結局二つの死体をあとに残して、ジョン・ラッセルのスペンサー銃の射程の外に逃げ帰った。それが最初の日の夕刻に起こったことだった。彼らは夜明けにもう一度攻めてきた。今度は身体《からだ》に泥を塗りたくり、足音を忍ばせ、こっそり岩の間を抜け、ヘッドバンドにメスキートの枝を差して。話によればジョン・ラッセルは死んだラバの首にスペンサー銃を据えて、仕留められると確信できる距離まで相手を引き寄せた。そして急ぐことなく慎重に狙《ねら》いをつけ、迫ってくる敵に向けてスペンサーを七発撃った。それから逃げていく連中めがけてコルトのリヴォルヴァーを空にした。それでたぶんあと二人を倒した。

人夫たちは銃撃が行われているあいだ目を閉じて、死んだラバにしっかり身を押しつけていたのだが、ジョン・ラッセルに向かって微笑《ほほえ》みかけ、それから声を上げて笑った。恐怖から解放されてほっとしたのだ。そして彼らが本隊に戻ったとき、この男は一人で三人分の働きをしたよと、みんなに話した。なにしろ十倍もの数の野蛮人たちに対して、たった一人で立ち向かったのだ。その後の彼は、サン・カルロスのアパッチ警察の中では、あるいはフォート・アパッチとチブクの猟師たちの間では、「トレス・オンブレス《三人の男》」として知られるようになった。

しかしそんなすべてを知ることと、彼の目を通してものごとを見ることとは、また別の話だ。あるいは過去において、彼が白人とどのような関係を持ってきたかという経緯が、なぜ彼がそのような行動を取るのか、なぜ今ここであえて何ひとつ語ろうとしないのか、そういうことの説明になるのかもしれない。でも私にはなんとも言えない。別の人が見ればわかるかもしれない。

夜が更《ふ》けて、寒さが増してきた。だから私は床から二枚の膝掛けを取り上げ、一枚をドクタ・フェイヴァーに渡した。彼はそれを受け取り、彼の妻がそれを広げ、フランク・ブレイデンの膝にもかかるようにした。私はもう一枚の膝掛けを我々のシートの方に広げた。マクラレン嬢が両手を上げると、ビーズがからからという柔らかな音を立てた。彼女は膝掛けの端っこを自分の身体にぴたりとあて、膝のところにしっかりとたくし込んで、ジョン・ラッセルには寸分も与えなかった。彼女が私の方に近寄ってきたように私には感じられた。気のせいかもしれないが。

私はドクタ・フェイヴァーが妻に何かを言うのを耳にした。言葉ではなく、その響きを。馬鹿《ばか》なことを言わないで、と彼女は夫に言った。私はマクラレン嬢にそれで寒くはありませんかと尋ねた。大丈夫です、どうもありがとう、と彼女は言った。しかしおおむねのところ、誰も口をきこうとはしなかった。ずいぶん冷え込んできて、キャンバスのカーテンは今ではすっかり下まで降ろされていたが、ぴたりと枠に張りついていたかと思うと、次の瞬間には風に吹かれて、はじけ飛ぶように外に向けて舞い、外の暗闇が丸見えになった。沿道にあるいろいろな形状のものが、次々後ろに素速く飛びすぎていった。

フランク・ブレイデンは座席の上で、身体を下に沈ませてくつろぎ、その頭はミセス・フェイヴァーの頭にくっつきそうなほど近づいていた。彼はぼそぼそと囁《ささや》くように彼女に何かを言い、彼女は笑った。声はあげずに、一人でそっと笑ったのだが、とはいえ全員がそれを耳にした。彼女の頭が彼の方に動いて、一言かあるいはふたこと言葉を口にした。長いあいだ二人の顔はすぐ間近にあった。少しは触れあっていたかもしれない。夫がすぐ横にいるというのに、どういうわけだろう。

我々はデルガドの中継所に着いた。馬車が速度を緩め、ブレーキをかける音が聞こえた。馬車は樹木の壁に向かって、その樹木を背にして微《かす》かに見えるアドビ造りのいくつかの建物に向かって、まっすぐ伸びたスロープを進んでいった。馬車の動きは次第に遅くなり、馬たちの立てる音が明瞭《めいりょう》になり、重々しくなっていった。そしてようやく停止した。我々はしばし無言のままで座っていたが、ミセス・フェイヴァーが口を開いた。「ここはどこなの？」。囁く程度の声だったが、暗闇の中の馬車にあっては大声のように響いた。誰もそれには答えなかったが、ヘンリー・メンデスの声が外に聞こえた。

「デルガド！」と彼は怒鳴った。

それからすぐに彼の足音が聞こえ、ドアが開かれた。「デルガド中継所」とメンデスは言った。彼は自分の革鞄《かわかばん》を抱えて、そこに立っていた。彼の向こうに、ランタンを手にアドビ造りの建物から出てくる男が見えた。

「メンデスか？」と男はランタンを掲げながら言った。

「他に誰がいる？」とメンデスが言った。「ここにはまだ馬はいるか？」

「あと二、三日はな」と中継所の主人であるデルガドが答えた。

「馬を取り替えてくれ」

「まだ駅馬車を走らせているのか？」

「長い話になる」とメンデスは言った。「女房にコーヒーを作らせてくれ」

デルガドは眉《まゆ》をひそめた。彼は下着の上に縞柄《しまがら》のサスペンダーでズボンを吊《つ》っていた。「あんたが来るなんて、思いもしなかったぞ」

「いいから、みんなを動かせよ」とメンデスは言った。彼はもう一度馬車の方を向いた。「ドアの脇《わき》のベンチで手を洗える。ほかの用事は、裏手にまわる道を行ってください」、彼は手を貸してミセス・フェイヴァーを降ろし、次にマクラレン嬢を降ろした。

「やれやれ一晩に二回だぜ」とデルガドは言った。「一時間前のことだが、ぐっすり寝ていたら三人の男たちがやってきてね」

「いっそ、ずっと起きていりゃよかったんだ」とメンデスが言った。

ドクタ・フェイヴァーは馬車からちょうど降りてきたところだった。「それは知っている連中だったかね？」と彼は尋ねた。

「馬に乗った連中ですよ」

「そいつらを知っているのか？」

デルガドはそれについて考えていた。「そうさね。ミスタ・ウォルガストのところで働いている連中じゃないかと思うんだが」

「連中がこんな時刻に立ち寄るというのは、普通のことなのかね？」とドクタ・フェイヴァーは尋ねた。

「ま、ちょくちょくあることだね」とデルガドは言った。「いろんな人がここを通り過ぎるからね」

私が裏手で用を足して、また戻ってきたとき、そこにはメンデスとラッセルが立っているだけだった。メンデスは革鞄の中からブランディーの瓶らしきものを取りだし、二人でそれをごくごくと長く飲んだ。

シャツとズボンははいているが、足は裸足《はだし》の少年が二人、アドビの中から出てきた。二人はメンデスに向かって微笑みかけた。一人が呼びかけた。「やあ、ティオ、何かご用かい？」

「車輪にグリースを塗っておいてくれ」とメンデスは言った。「馬たちもきれいにするんだ」。少年たちはまた走り去り、アドビの向こうに消えた。メンデスは再びラッセルの方に向き直った。

「マッド・ワゴンの乗り心地はどうだ？」

ラッセルはスペイン語で何かを言った。

「英語だとどう思うんだ？」とメンデスは言った。

「またかい」とラッセルは言った。

「だから練習だよ。練習すれば上達する」

「何もしゃべらない方が、あるいは得策かもしれないぜ」

「それはどういうことだね？」とメンデスは尋ねた。

ラッセルは何も言わなかった。少年の一人がグリースのバケツを持ってまた走ってやってきた。メンデスが言った。「しっかり塗っといてくれよ、チコ」

「夜中の仕事は高くつくぜ」と少年はやはりにこにこしながら言った。まるでずっと前から微笑みっぱなしだったみたいに。

「いつものやつで支払ってやるよ」とメンデスは言った。彼は少年に向けて革鞄を振ったが、少年はそれをかわして、彼の横をすり抜けていった。それから彼はまたラッセルにブランディーを勧めた。「土埃《つちぼこり》を洗い流すために」と彼は言った。「それとも何でも好きな理由をつけりゃいい」

ラッセルが酒を飲んでいるあいだ、メンデスは私の方を見て、おまえもどうだと勧めた。そこで私も仲間に加わり、一杯飲ませてもらった。味は悪くないが、とてつもなくきつい代物《しろもの》だった。よくこんな酒がごくごく飲めるものだと感心してしまう。メンデスはまた自分のぶんを飲み、瓶をラッセルに渡し、それから一人でアドビの中に入っていった。

グリースのバケツを持ったメキシコ人の少年は、前輪の手入れをしていた。もう一人の少年は牽《ひ》き馬を馬車からはずし、よそに連れて行こうとしていた。我々はその作業をしばらく眺めていた。それから私は言った。「どうしてみんなにはっきり説明しなかったんだ？」

彼はボトルを手にしたまま私を見た。「説明するって、何を？」

「君が、みんなの考えているような人間じゃないってことを」

彼はまた一瞬だけ私を見た。それからブランディーをひとしきり飲んだ。

「中に入りたい？」と私は尋ねた。彼は肩をすくめただけだった。

我々は中に入った。天井の低い部屋で、明かりといえば、梁《はり》からランタンがひとつさがっているだけだ。ランタンは煙で黒くなって、部屋の中にはまだ石油の匂いが漂っていた。

フェイヴァー夫妻とマクラレン嬢とブレイデンが、中央のテーブルに就いていた。長い厚板をわたして作ったテーブルだ。メンデスは彼らに話しかけるような格好でそばに立っていた。しかし我々が入っていくと、彼はそこを離れ、キッチンのドアの横に置かれたテーブルに来るように我々に合図した。デルガドの女房がコーヒーのポットを手にやってきたが、我々にそれを注ぐ前に、まず中央のテーブルの方に行った。メンデスは彼女がキッチンの方に消えるのを待っていた。そのあいだ彼はずっとラッセルの顔を見ていた。

「みんなはおまえのことをアパッチだと思っている」と彼は言った。

ラッセルは何も言わなかった。彼はまるでそこに刷られた細かい活字を読むみたいに、ブランディーの瓶を見ていた。メンデスはその瓶を取り上げ、コーヒーに少し注いだ。

「おれの言ったことは聞こえたか？」

「それが何か問題なのか？」とラッセルは言った。

「ドクタ・フェイヴァーはおまえと同席したくないと言っている」とメンデスは言った。「そいつが問題だ」

ラッセルは目を上げてメンデスを見た。「全員がそう言ってるのか？」

「なあ、おまえはついさっきまで、私の隣に乗りたいって言ってたじゃないか」

「おれと同席したくないと、全員が言っているのか？」

メンデスは肯いた。「全員の意見が一致したとドクタ・フェイヴァーは言っている。あの男はアパッチじゃない、とおれは言った。ほんとにアパッチなのかどうか、あんたはあの男に直接尋ねたのか、何かひとつでも質問したのか、とおれは言った。しかしフェイヴァーは、この件についてこれ以上の論議は無用だと言った」

ラッセルはメンデスから視線をそらさなかった。「で、あんたはなんと言った？」

「いったいどう言えばいい？」とメンデスは言った。「なにも人にいやな思いをさせることはあるまい。もしそれが彼らの望むことなら」、彼は肩をすくめた。「そうさせておけばいいじゃないか。それがどうしたんだ？　いちいち騒ぎ立てるほどのことでもなかろう。あの男はいったん言い出したら引かないし、道理を説いて説得しているような暇はおれたちにはないんだ。だからややこしいことは抜きにしようぜ」

「もしおれが車内に留まりたいと言ったら？」とラッセルは言った。

「なあ、おまえはさっきまで、私の隣に座りたいと言ってたじゃないか。なんで今になって中がいいなんて言い出すんだ？」

メンデスが困惑した表情を浮かべるのを目にしたのは――何かが持ち上がってそれをどう扱えばいいのかわからない、うまい手が思いつかないという素振りを見せたのは――そのときが初めてだった。彼はコーヒーを少し飲んだが、ブレイデンとドクタ・フェイヴァーがテーブルを立つと、カップを手にしたまま素速く顔を上げた。ブレイデンは外に出て行った。ドクタ・フェイヴァーはデルガドのいるカウンターに行った。それでメンデスは少しほっとしたように、またコーヒーを飲んだ。

「言い合いをする価値のあることなのか？」とメンデスは言った。「ことを荒立て、みんなを不愉快な気持ちにさせるほどのことか？　ああ、みんなは間違っている。しかしここで全員を説得することと、それをただ忘れちまうことと、どっちが簡単かね？　おまえにもそれくらいはわかるだろう？」

「学んでいるところだよ」とラッセルは言った。

そこで私はまた、彼の心の中で何が起こっているのか、見て取ることができたらなあと願った。というのは彼の声音からは、私は何ひとつ読み取れなかったからだ。そのもの静かな語り口を聞いていると、この世の中に彼を煩《わずら》わせるものなど何ひとつ存在しないかのように思えた。

我々がまだそこに腰を下ろしているとき、ドクタ・フェイヴァーがカウンターに来るようにメンデスを手招きした。カウンターにはドクタとデルガドがいた。メンデスはそこに立って、彼らと長く話をしていた。我々はそのあいだに最初のコーヒーを飲み終え、お替わりを頼んだ。ようやくメンデスが戻ってきた。そして腰を下ろすことなく、ブランディーをぐいとあおった。

「ドクタ・フェイヴァーは別の道を行きたがっている」とメンデスは言った。「サン・ペテ鉱山を通る道だ」

それは何年も前、鉱山がまだ営業していた頃、ハッチ&ホッジズが使っていたルートだった。本道から十五マイルばかり東に外れたところを走っている。山麓《さんろく》を抜け、鉱山のある山地に上がり、それからベンソンに向かう途中で現在の街道に合流する。しかし今ではわざわざそんな道筋をとる人間はまずいない。路面も悪く、登り道も多く、旅行はより困難なものになるからだ。だからこそ鉱山が閉鎖されたあと、新しい街道に路線が移されたわけだ。旧道の利点と言えば、より距離が短いというくらいだ。

でもそれが旧道を選ぶ理由なのだろうか？

メンデスは、まあいいんじゃないかと言った。デルガドは、本道の他の中継所はもうみんな間違いなく閉鎖されていると言った。少なくとも中継所の予備の馬たちは、みんな南の方に移動させられただろう。馬が少しでも残っているのはデルガドのところだけだし、それも数日のうちにいなくなってしまう。もし馬が六頭しかおらず、もうこの先中継所がないとしたら、近道をするのも悪くはなかろう、とメンデスは言った。

たしかに話の筋は通っていた。しかし水と食料は余分に積み込まなくてはならない。メンデスはそれに同意した。ドクタ・フェイヴァーがこの旅の費用の大半を出している以上、彼を満足させるのはまあ当然のことだろう、とメンデスは言った（ヘンリー・メンデスは、人々を満足させることにいつになく熱心になっているように見えた）。

「彼はどうやら何かを心配しているみたいだ」とメンデスは言った。「今日ここに立ち寄った男たちについて、彼はデルガドとまた話をしていた。どんな見かけだったかとか、これからどこに行くと言っていたかとか。そんなことを尋ねていた」

「もし駅馬車強盗されることを心配しているとしたら」と私は言った。「そいつはあり得ませんよ。今夜ここを駅馬車が通ることなんて、彼らには知りようがないのだから」

「私も彼にそう言ったよ」とメンデスは言った。「すると彼は言った、『もし駅馬車が停められる可能性があるとしたら、我々は対策を講じなくてはならない』と。私は言った、『おそらくは。しかしもしこれが通常運行の駅馬車だとしたら、そんな案が話題にのぼることとすらないでしょうね』と」

「どうやら彼は本気で心配しているみたいですね」と私は言った。

メンデスは肯いた。「何かが彼のあとを追っているようだ。そして彼はそのことを承知している」

少し後、メンデスが補給品と水を入れた革袋の点検をしたあとで、我々は再び出発した。フランク・ブレイデンは既に馬車に乗り込み、眠っていた。両足は向かいの席に投げ出されていた。我々は彼の邪魔をしないようにした。ジョン・ラッセルが御者台に移ったので、スペースの余裕はあった。

ほどなく我々は夜の闇の中にいた。聞こえるのは車輪の音と、車体の軋みだけだ。デルガドの中継所から二マイルほど南に進んだところで、我々は本道から逸《そ》れた。しばらくメスキートの茂みを突っ切るように進み、その枝が馬車の両脇をがりがりと引っ掻《か》いた。それから道が開け、上り坂になったことが感じられた。馬車は樹木のあいだを通り抜け、それにつれて暗闇が濃くなったり薄くなったりした。やがて樹間を抜け、終始曲がりくねった、どこまでも続く上りの坂道を進んだ。道路についた二本の轍《わだち》は草に覆《おお》われて隠されていたが、メンデスの目にはちゃんとそれが見えるらしかった。

デルガドの中継所を出て三時間ほどしてから、メンデスとラッセルは牽き馬の交換をおこなった。二頭の予備の馬にハーネス（輓馬具《ばんばぐ》）をつけ、馬たちに水を与えた。馬車の外に出たのは私一人だけだった。ドクタ・フェイヴァーも明らかに目覚めているようだったが。私はメンデスの水筒から水を飲んだ（水筒は御者台に置かれていた。それとは別に三つの革袋に入った水が後部の物入れにあった。旅客と馬たちのための水だ）。それからまた出発した。

そのあと私は眠りに落ちた。もし私が彼女の身体に腕を回したら、マクラレン嬢は何か言うだろうかと、ずいぶん長いあいだ思いを巡らせたあとで。結局それを知ることはなかったのだが。

夜明けの最初の曙光《しょこう》が差すころ、切り立った峡谷を下って抜け、放棄されたサン・

ペテ鉱山に着いた。馬車から降りると、メンデスとラッセルがそこに立っていた。全員が身体を伸ばした。ずいぶん長いあいだ狭い場所に詰め込まれていたので、身体がかちかちに強《こわ》ばっていた。そして我々は採鉱会社の建物を見渡した。

我々の近くにある建物は斜面に沿って建てられていたので、正面のヴェランダは高脚の上に載っており、二階くらいの高さがあった。鉱山の作業場は峡谷の向かい側の、二百ヤードほど離れたところにあった。砕鉱場が斜面を少し上がったところにあり、屑《くず》鉱石は山の背に盛られ、そのずっと上に坑道が見えた。ブレイデンはメンデスを見た。「これは駅馬車の路線とは違う」と彼は言った。

「違うルートをとったんだ」とメンデスは答えた。彼は馬車の後部にいて、水を入れた革袋を縛った紐《ひも》を解いていた。

「違うルートをとったってどういうことだ?」

ラッセルが馬たちから離れるのが見えた。彼はメンデスに近づいていくブレイデンを見守っていた。メンデスは革袋を肩に担《かつ》ぎ上げていた。

「あんたは好き勝手にルートを変えるわけか?」

「そいつはドクタ・フェイヴァーに言ってくれ」とメンデスは言った。

「おれはあんたに話をしているんだぜ」

メンデスは建物に向かいかけていたが、歩を止めた。「他のみんなは同意したよ」と彼は言った。「あんたは寝ていたんだ。でもこう思った。彼はあれほど熱心に我々と一緒に来たがったんだ。ルートが変わったところでたぶん気にしないだろうってな」

ブレイデンは視線を逸らせなかった。「で、この道はどこに通じているんだ？」

「同じところさ」とメンデスは言った。彼は水袋をヴェランダの下に置くと、空を見上げ、伸びをしながら戻ってきた。空はまだどんよりと暗かったが、それでも峡谷の端の上の方には、朝の光が筋となって何本か尾を引いていた。「食事をしよう」とメンデスは言った。「そして二時間の休憩だ」

ドクタ・フェイヴァーが言った。「もし君が我々のことを考えているのなら――」

「私はむしろ馬のことを考えているね」とメンデスが言った。「そして私自身のことを」

みんなは鉱山会社の社屋のヴェランダの下で朝食をとった。パンと冷肉と、メンデスが持ってきたコーヒーだ。そのあとでメンデスは自分の毛布ロールを隣の建物に運んだ。社屋を別にすれば、唯一《ゆいいつ》まだ屋根が残されている建物だ。ジョン・ラッセルも彼と一緒にそちらに行った。そして二人は二時間ばかり眠った。

そのあいだ残りの我々には、待つ以外に何もすることがなかった。マッド・ワゴンもぽつんとそこに置き去りにされていた。馬たちは峡谷の下の方に移動し、そこに生えている草やら、クローバーやらを食べていた。少しあとでフランク・ブレイデンが馬車の脇を通り過ぎ、砕鉱場の上の斜面を見上げ、峡谷の上の方、自分がやって来た方に目をやった。彼は峡谷を横切り、砕鉱場の脇を上に登っていった。そして彼の姿はどんどん小さくなっていった。そのまま進んでいって、ずっと上方の、坑道の横にある鉱石選別の小屋らしきものまで達した。それから先は姿が見えなくなった。彼はそこでミセス・フェイヴァーが来るのを待っているのではないかという考えが、私の頭にふと浮かんだ。それともただ彼は暇を持て余しているのだろうか?

いずれにせよ、ブレイデンはほどなく戻ってきた。彼はそのときにはもう気持ちを落ち着けていて、ベンソンまであとどれくらい時間がかかるのかとメンデスに尋ねた。このルートは駅馬車の通常路線より距離は短い、とメンデスは言った。しかし馬のことを考慮する必要がある。だから所要時間にすれば、それほどの変わりはあるまい。もし道路に支障がなく、もし途中何ごともなければ、ベンソンに着くのは明日の朝のうちになる。

さて、我々は八時前にサン・ペテ鉱山をあとにしたわけだが、その日の真夜中になる前にその最初のもしがやってきた。

道路を辿《たど》っていくこと自体には問題はなかった。道路になにか支障があったというわけではない。問題は、辿るべき道路そのものがなくなっていたことにあった。我々は高い岩山から伸びた浅いアロヨ（涸れた川）を渡ったが、道路の続きがあるはずの対岸には、その痕跡《こんせき》も見当たらなかった。

風や、崩れ落ちてきた岩や、鉄砲水が道路を摩耗させ、あるいは覆い、あるいは斜面から消し去ってしまったのだ。メンデスには選択の余地がなかった。彼は馬車をアロヨの中に下ろし、馬をせき立て、岸辺で水の到来を我慢強く待っている黄色い枯れ草に沿って馬車を進めた。それからまた南に向かい、藪《やぶ》の広がる平坦《へいたん》な地帯に出た。そうやって、斜面から放出されるように形成された砂場や岩場を迂回《うかい》した。

大地は太陽の熱に焼かれ、死んだようにそこに横たわっていた。すべてはかさかさに乾き、そこにグリースウッドや、ウチワサボテンや、背の高いハシラサボテンが密に繁《しげ》っていた。サボテンは好き勝手に伸びた柵《さく》の支柱のように見えた。ヘンリー・メンデスは巧みに馬車を操ったが、それでも道のりは果てしなく長いものに感じられた。行く手に岩の露頭が見え、あるいはまばらに繁ったジョシュア・ツリーが見える。それはほんの数百ヤード先にあるもののように思える。しかし実際にはそこにたどり着くまでに一時間もかかったりする。それを通り越してしばらくすると、また別の目印が先の方に現れる。奇妙なかたちの巨大なハシラサボテンか、さらなるジョシュア・ツリーか、あるいはユッカの茂みだ。そこにたどり着くまでにまたひどく長い時間がかかり、ようやくそれを通り過ぎる。あたりには眺めるに足る風景というようなものはなく、心待ちにすべきものも何ひとつない。

午前中に一度、馬を交代させるための休憩があった。後部の荷物入れには水袋は二つしかなかった。ひとつをサン・ペテ鉱山に置き忘れてきたのだ。まだ半分以上水が残っていたのに。

正午にもう一度休憩をとった。我々はみんなで馬車の横に立ち、コーヒーを作るお湯が沸くのを待っていた。メンデスは馬を馬車から外し、かいば袋をあてがって食事をさせた。乗客の誰かが「こんなのはあまりに馬鹿げている。我々は本来の駅馬車ルートに戻るべきだ」と言い出すのを、たぶんメンデスは待っていたのだと思う。一日余分にかかるかもしれないが、少なくともこんな苦行には耐えなくて済む。しかし誰もそんなことは言い出さなかった。

それは奇妙なことだった。ミセス・フェイヴァーは暑いと文句を言っていた。それもいろんな言い方で表現した。でもさして暑さを苦にしているようには見えなかった。

彼女はときどきマクラレン嬢に目をやった。おそらくインディアンたちが彼女に何をしたのか、まだ気になっていたのだろう。それからブレイデンの方を見た。彼は前日に比べると、別人のように無口になっていた。まるでウィスキーの効果が消えてしまったみたいに（とはいえ前日だって、酒に酔っているような様子は見受けられなかったのだが）。一行の中では、マクラレン嬢はもっとも気丈に旅の苦行に耐えているようだった。もちろんラッセルを別にしての話だ。これしきのことでラッセルが動じるわけはない。そしてドクタ・フェイヴァーはちらちらとメンデスの様子をうかがっていた。目で彼を急《せ》かせるみたいに。道に迷ったりしないか、馬車が壊れたりしないかとメンデスに問いただすものは一人もいなかった。誰もそんなことは案じていないらしい。水を少しばかりサン・ペテに置いてきてしまったことさえ、それほど気にならないようだった。

我々は前進を続け、その平坦な土地をやっと抜け出せたのは午後になってからだった。メンデスは斜面の上の方に、低木の中を通り抜ける本来の道路を見つけ、そちらを目指した。道路に接近するにつれて、並んだ丘がますます大きくくっきりと見えるようになった。藪や溝で陰になったり暗くなったりしていたが、尾根の上の方は炎熱の下に剝《む》き出しになり、じっと黙していた。

我々は本来の道路に復帰し、しばらくは道づたいにこともなく進んだ。しかしほどなく道は再び上り坂になった。それはどんどん山の上へと登っていった。メンデスはとうとう馬を停めた。

彼は身を屈《かが》めて言った。「みなさんには少しばかり散歩していただく。この坂のてっぺんまで」

全員が馬車を降りた。見上げると、かなり切り立った箇所が行く手にあった。ラッセルは既に道を歩き始めていた。ここからは見えないウォッシュアウト（洪水でえぐられた土地）がないか、確認しているのだろう。勾配《こうばい》はとくに急というほどではなかったが、メンデスは例によって馬の疲労を気遣ったのだろう。

だから我々は馬車と、後ろに繋がれた馬たちが我々を追い越して、ずっと先まで行くのを待ってから歩き出した。ドクタ・フェイヴァーは妻の腕をとっていた。まるで彼女が歩くのを助けるように。でもそれは彼女がふらふらとどこかに行ってしまうのを防ぐためではないかと、私は推測した。フランク・ブレイデンは立ち止まって煙草《たばこ》を巻いていた。それで私はマクラレン嬢と並んで歩くことになった。そして歩きながら、ここで何を言えばいいのだろうと頭を悩ませた。しかし頭を悩ませたのはほんの数歩のあいだに過ぎなかった。

彼女は言った。「彼はアパッチには見えないわ。そうでしょ?」、何かをずっと考えていて、それをふとそのまま口に出したみたいに。

でもそのような唐突な発言であっても、彼女がラッセルの話をしているのだということが私にはわかった。疑問の余地はない。彼女は日差しの中で少し目を細め、道の先の方を上がっていくラッセルの姿を見ていた。

「数週間前の彼の姿をあなたは見るべきだった」と私は言った。

彼女は説明を求めるように私の顔を見た。そしてそんな発言をしてしまったことを、私は少しばかり後悔した。でもそれは嘘《うそ》ではない。

「彼は軍から給料をもらっているインディアンたちと同じに見えました」

「つまり彼はほんとにアパッチだっていうこと?」

「さあ、それについては彼にだって、イエスともノーとも言えないと思いますよ」

彼女は少しだけ眉をひそめた。「ミスタ・メンデスは彼はそうじゃないって言ったわ。そこが私にはよくわからないの」

「つまり、彼にはアパッチの血は入っていないということです。でもアパッチの中で長く暮らしていました。それも自ら選んでそうしたのです。だから今では彼はアパッチだと言っていいかもしれません」

「でもどうして？」と彼女は言った。「どうして人がわざわざアパッチになんてなりたがるかしら？」

「そのとおりです」と私は言った。「アパッチになりたがるなんて、もともとアパッチであるというのと同じくらいたちの悪いことです。いや、もっと悪質かもしれない」

「でも彼らが生きるように生きたいということなのね？」と彼女は言った。

「それを理解するには、彼の目を通してものごとを見なくてはならないでしょう」

「そんなの考えただけで怖いわ」と彼女は言った。

あなたに怖いものがあるなんて思えない、と私は言いたかった。既に十分ひどい目にあってきたのだから、と。でも今はまだその話は避けた方がいいと思い直した。そんなことを言えば、彼女は恥らいを感じるかもしれない。彼女は馬車の中でその件に少しばかり言及したが、とくに恥じ入った様子は見受けられなかった。とはいえそこには安易には扱えないものがある。たとえば、とびっきり鼻の大きな人と同席したときの状況を思い浮かべてもらいたい。あなたはその鼻をじろじろ見ることに気づかれちゃいけない、鼻という言葉だって口にしちゃいけないと神経をつかうはずだ（読者の中に鼻の大きな方がおられて、これを読んで腹を立てられることがなければいいのだが。私には鼻を笑いものにする意図はないのだから)。
　後ろに繋がれた馬はまだ坂道の途中にいた。しかし馬車は坂のてっぺんを越えて、そこで停止していた。最初のうち、我々の目につくのは馬車の屋根の部分だけだった。道路はそこで平坦になり、松やたくさんの低木が茂っている地域に入っていた。右手には、七フィートか八フィートの高さの切り立った崖《がけ》が、馬車にのしかかるように迫っていた。

「もう馬車に乗っていいみたいね」と娘が言った。

　その声は聞こえたが、私はメンデスを見ていた。彼は崖の上を見上げていた。我々は繋がれた馬たちを回り込むような格好で、やはりそちらに目をやった。私が最初に思ったのは、ラッセルはそんなところに上がって、いったい何をしているのだろうということだった。そして彼はどこでライフルを手にしたのだろう？

　それから私は実際のラッセルを目にした。彼は崖の上ではなく、フェイヴァー夫妻の先の方に、牽き馬たちと一緒にいた。彼の近くの道路の崖側に、リヴォルヴァーを手にしたもう一人の男がいた。私と同時に、マクラレン嬢も彼らの姿を目にしたと思う。それでも彼女は声ひとつ上げなかった。

　とはいえ、いったい何を言えばいいのか？　無人の荒野の真ん中で坂道を登っていったら、武装した二人の男がそこであなたを待ち構えていたとする。もちろん異常事態ではあるが、あなたとしては「こんなことは毎日あることだし、日曜日には二度起こる」みたいな平然とした顔をしていなくてはならない。興奮したり、驚愕《きょうがく》した様子を見せてはならない。自分を抑制すること。そんな連中が眼前に存在していると認めなければ、彼らはそのままどこかに消えてくれるかもしれない。その最中は「おれは怖がっている」などとは考えもしないものだ。なんとか自然に振る舞うだけで精一杯なのだ。

上にいた男は崖の縁まで出てきて、そこにしゃがみ込み、ライフル（ヘンリー銃だった）を我々に向け、馬車の前に一列に並ばせた。それからほとんど転げ落ちるような格好で、道路に飛び降りた。立ち上がったとき、それが誰か私にはすぐにわかった。それはラマール・ディーンだった。ミスタ・ウォルガストの補給隊で働いていた男だ。そしてラッセルの脇に立っているのは、間違いなくアーリーだった。私が初めてラッセルを目にしたとき、デルガドの中継所に居合わせた二人だ。

彼らがラッセルの正体を思い出したらどうなるだろう、と私は思った。いったい何ごとが持ち上がっているのか、とは考えなかった。彼らはいったい何をしようとしているのか、とも。そうではなく、もし正体を思い出したら何が起こるだろう？　私としては何よりそのことを考えないわけにはいかなかった。というのは、ラッセルがウィスキー・グラスをラマール・ディーンの口に叩《たた》きつけて割った情景を、私はきわめて鮮烈に記憶していたからだ。そしてラマール・ディーンは私なんかよりもっと鮮烈にそのことを覚えていたはずだ。でも彼にはその相手がラッセルだとわかっていないようだった。アーリーもそれは同じらしい。もしわかっていれば、彼がその銃身の長いリヴォルヴァーを手に、ただそこに立っているなんてあり得ない。

メンデスはラマール・ディーンを見下ろして言った。「何かをやらかす前に、よくよく考えた方がいいぜ」

「余計な心配はせずに、そこから降りてこい」とラマール・ディーンは言った。メンデスは御者台から降りてきた。ラマール・ディーンは我々を見渡した。彼は待った。どうしてかわからなかったが、やがてブレイデンが我々の中から進み出て、ラマール・ディーンの目が彼を追った。彼は言った、「あやうく置いていかれるところだったぜ」

「おれはずっと思っていたよ」とブレイデンは言った。「いったん進路がわかったら、追いつくのは大変だろうってな」

「本道をやってこないとわかると、おれたちは今朝早く、デルガドのところに行った」とラマール・ディーンは言った。おれはやつに言った、『おれたちの耳に問題があるのだろうか、それとも昨夜、駅馬車はおれたちを追い越していってしまったのか?』と。やつは言った、『あんた方の耳に問題があったに違いない。駅馬車便は確かにあったが、それは本道を行かなかった』。『じゃあどの道を行ったんだ?』とおれは言った。そしてやつは、おまえらがこちらのルートをとったことを教えてくれた。追いつくにはずいぶん派手に飛ばさなくちゃならなかったぜ」

ラマール・ディーンが話しているあいだ、私はずっとブレイデンの顔を見ていた。

我々がスウィートメアリを発《た》ったとき、ブレイデンがそもそもなぜ駅馬車に乗ったか、なぜあれほど熱心に馬車の席を求めたか、その理由はもはや明らかだろう。あとになってから思い返して、「そういうことじゃないかと思っていた」と言うのは容易《たやす》い。でも正直に言って、最初のうち私にとってそれは信じがたい展開だった。ブレイデンはどうみても好意を抱けるような人物ではない。でもとにかく彼は我々みんなの連れであり、乗客の一員だったのだ。だから彼が、自分は強盗団の仲間であることを明らかにしたとき、他のみんなも私に負けず劣らずびっくりしたはずだ。しかしそのときには、他のみんなの反応をうかがっているような余裕はなかった。目の前で次々に起こる出来事についていくのがやっとだった。

アーリーがやってきた。彼は口をきかなかった。その顔は伸びた髭《ひげ》で黒くなっていた。彼は前を行くラッセルを銃口で小突いていた。

それからもう一人の男が現れた。どうやらメキシコ人のようで、麦わらの帽子をかぶっていた。乗ってきた馬を歩かせて木の陰から出てきた。他に鞍《くら》を載せた馬を二頭連れていた。そして馬車を牽く馬たちの前に立った。彼は二丁の44口径リヴォルヴァーを腰に下げていた。

ラマールはヘンリー銃のレバーの中に手を突っ込んで、立っていた。指は引き金にかかっていたが、銃口は下に向けられ、ほとんど地面にくっつきそうになっていた。

「お馴染《なじ》みのフェイヴァー先生は、おれたちのことなんて見えないふりをしていらっしゃるぜ」とラマール・ディーンが言った。

彼は私を脇にどかせ、マクラレン嬢に崖の前に立つように身振りで命じた。「少し横に広がって、古いお友だちの顔がもっとよく見えるようにしてもらえまいか」。そしてディーンはドクタ・フェイヴァーの顔を正面からじっと見た。「どうやら窮地に追い込まれたようだな。なあ？」と彼は尋ねた。

「何のことやらわかりかねるが」とドクタ・フェイヴァーは言った。しかしその声には驚きの響きはなかった。

「おれには先が見えていたぜ」とラマール・ディーンは言った。「こういうことになるんじゃないかと、二、三ヶ月前から」

「こういうことって、どういうことかね？」

「フランク、この人はまだ知らん振りをしているな」

ブレイデンはラマール・ディーンの隣に進み出た。「とぼけるのに馴れているのさ」

「我々はビスビーにいく途中だ」とドクタ・フェイヴァーは言った。「仕事でな。そこには二日程度いるだけだが」

「いいや」とラマール・ディーンは言った。「あんた方はそこに、南行きの馬車をつかまえられるまで滞在するつもりだ。そしてメキシコに身を隠す。あるいは船に乗ってベラクルスまで行って、そこから更にどこかに逃げる」

「ずいぶん確信があるんだな」とドクタ・フェイヴァーは言った。

「それが相場だからさ」

「私がもしそれを否定し、二日だけで帰ってくると言ったら？」

「笑わせてくれるね」

「銃くらい持っているかと思ったが」とブレイデンが言った。

「とんでもない」とラマール・ディーンが言った。「この人はインクとペンを使うのさ。実際の牛肉の入荷量よりも多くの量を帳簿につける。補給業者に合衆国軍票で配達ぶんだけ支払いをして、残りは自分の懐《ふところ》に入れるんだ。そうだよな、ドクタ？」

「おまえなんか見たこともないって顔をしているぜ」とブレイデンが言った。

ラマール・ディーンはミセス・フェイヴァーの方を見た。「あんたもおれを見たことがないってふりをするのかい？」

「私はあなたを知っている」と彼女は言った。状況を考えればかなり物静かに。「でも彼には見覚えがない」そしてブレイデンの方を顎《あご》で示した。

「ああ、フランクはいなかったよ。こいつは当時まだユマ刑務所に入っていたんだ」

「話はそれくらいで切り上げて」とブレイデンは言った。「早く用件をすませちまおうぜ」

「私はただ理解しようと努めていただけよ」とミセス・フェイヴァーは気楽そうな声で言った。その目はラマール・ディーンに向けられた。彼女は今では、彼がその一味の中ではいちばん能弁であることを見て取っていた。「あなたは牛肉納入業者のところで働いていた人よね？」

「ミスタ・ウォルガストのところで」

「そしてうちの夫がやっていることに気づいた」

「オードラ」とドクタ・フェイヴァーが言った。なんでもなさそうな声ではあったが、彼の視線はラマール・ディーンやブレイデンから一時も離れなかった。そして一方で、我々の目は彼の上に釘付《くぎづ》けになっていた（ああ、そこでいろんな事情が急に明らかになってきたのだ）。「オードラ」と彼は言った。「私たちの個人的な事情を、ここにいる人々の前で持ち出す必要はないんだぞ」

ブレイデンが動いた。「さっさと片付けよう」と彼は言って、馬たちを軛《くびき》から離し始めていたアーリーに合図をした。アーリーは馬たちから装具をはずすと脇に連れて行って、尻《しり》をはたいて前に進ませた。馬に乗ったままのメキシコ人が馬たちを集め、よそに運んで行った。

道路は草のたっぷり茂った広々とした野原を抜け、二本の轍《わだち》を走らせていた。野原は横幅もずいぶんあり、縦には少なくとも一マイルはまっすぐ先まで伸びていた。両側は盛り上がった斜面になっている。メキシコ人がずっと先の方まで行ったのを見て、アーリーも馬に乗ってそのあとを追った。

ブレイデンは馬車の後部にまわったので、我々のいるところからは彼の身体《からだ》の一部しか見えなくなった。彼は荷物入れのキャンバスの覆いをはがし、中の鞄を引っ張り出し始めた。

ラマール・ディーンは我々の点検にとりかかった。つまり武器を携行しているかどうかを調べたわけだ。彼はドクタ・フェイヴァーの上衣《うわぎ》の内側からリヴォルヴァーを取り上げた。小口径の拳銃《けんじゅう》だ。そしてそれをざっと点検してから、道路の反対側の藪の中に放って捨てた。ミセス・フェイヴァーとマクラレン嬢は飛ばして、次にメンデスのところに行った。メンデスは上衣を開いて武器を携帯していないことを示した。

「御者台には何がある？」とラマール・ディーンが尋ねた。

「ショットガンが一丁」とメンデスが言った。

「そいつはそのまま置いておけ。お前は動くな」とラマール・ディーンは言った。彼は私のところにやってきて、私はメンデスがやったのと同じように上衣の前を開いて見せた。

ラマール・ディーンが私の点検をしているときに、メンデスが言った。「こんな大それたことをやるだけの値打ちがあるのか？　この先もう、世間には顔を出せなくなるんだぞ」

「そいつはどうもご親切に」とラマールは言った。「しかしおれには忠告なんてものは無用だ」

「賭《か》けてもいいが、二週間のうちに逮捕されるか殺されるか、そのどちらかだぞ」

ラマールは彼のことをちらりと見た。「あんたには賭けるべきものなどひとつもないだろう」

「よかろう。ただひとつだけ覚えておくんだな」とメンデスは言った。「既に目撃者はこれだけいるんだぞ」

「そんなもの見えねえ」とラマール・ディーンは言った。ブレイデンが馬車の背後から革の肩掛け鞄を持ってやってきた。「フランク、どこかに目撃者の姿が見えるか？」

「いや、見えないね」とブレイデンは言って、鞄を開けるために地面に膝《ひざ》をついた。

ラマール・ディーンはラッセルの方に行った。「この方はおれの目には、目撃者のようには見えない。なあ、あんた」とラマールは言った。「あんた、目撃者かね？」、
彼はそう言いながらラッセルのコルトを抜き取り、それを後ろ向きに放り投げた。拳銃は高く上がって、太陽の光を受けてきらりと光り、それから道路に落ち、跳ねてから下に転げていった。

　しかしラマール・ディーンは拳銃の行方を見てはいなかった。彼はラッセルの顔をまじまじと見ていた。目を細め、顔を寄せ、正面からまっすぐのぞき込んでいた。

「あんたの顔にはどっかで見覚えがあるな」とラマールは言った。その声の調子からして、彼の胸に何かがつっかえていることは明らかだった。彼はラッセルが助けの手

を差し伸べてくれるのを待っていたが、ラッセルは無言のままだった。二人はじっと互いを見つめていた。それを見ていて、今にもラマールがデルガドの中継所でのあの日の出来事を思い出すのではないかと、ひやひやせずにはいられなかった。彼が突然そのヘンリー・ライフルを振るってラッセルを、自分がやられたのと同じような目にあわせる光景が、容易に想像できた。あるいは更にひどい目にあわせる光景が。

あるいはブレイデンが「こいつはインディアンだ」みたいなことを言い出して、そこでラマール・ディーンの記憶がはっと蘇《よみがえ》るかもしれない。そういうことだって起こりうるのだ。しかしそのときブレイデンが顔を上げた。彼の前に置かれた鞄《かばん》は口が開いていた。彼は言った。「こいつは一日の稼ぎとしちゃ、なかなかのものだ」

ラマール・ディーンは視線をブレイデンからドクタ・フェイヴァーへと移した。

「あんた、いったいいくらちょろまかしたんだね？　いちいち数えるのも手間なんでな」

ドクタ・フェイヴァーは無言だった。彼はダーク・スーツを着て、帽子をかぶり、片方の親指をヴェストのポケットにひっかけ、もう片方の手を脇《わき》に下ろして立ち、様子を見ていた。マクラレン嬢とミセス・フェイヴァーとメンデスとジョン・ラッセル——彼らは全員、ただ辛抱強くそこに立っているしかなかった。通りがかりの見物人のように、目の前で起こっていることは自分とは何の関係もないと言わんばかりに。

「こいつはな、ご親切にわざわざ計算書をつくってくれたりはしないさ。もう十分おれたちに尽くしたと思っているんだから」とブレイデンは言った。そして立ち上がり、肩掛け鞄をディーンに渡した。彼は鞄を受け取り、中の現金を自分のサドルバッグに移した。

「だいたい一万二千ってところだな」とラマール・ディーンは言った。

「そのあたりだろう」とブレイデンは言った。

「この男はなかなか巧妙に立ち回った」とラマール・ディーンは言った。「しかしおれたちの方が一枚上手だったわけさ」。彼はブレイデンを見た。ブレイデンはまだ馬車の後ろにロープで繋《つな》がれている二頭の馬を見ていた。「おまえ、どう思う？」とラマールはやがて言った。

「こいつらで間に合うだろう」とブレイデンは馬車を見上げて言った。「そして二つの鞍があれば」

ラマール・ディーンは彼を見た。「何のために二頭が必要なんだ？」

「今にわかるさ」とブレイデンは言った。そして私に合図をした。「おまえ、鞍をおろすんだ」

そんな次第で、彼らが馬に乗って立ち去るとき、私は馬車の上に乗っていた。私はブレイデンの鞍を放り投げ、それからラッセルの鞍を放り投げた。そうしながら私はラッセルの顔を見ていた。

ブレイデンが紐をほどき、馬たちを引いて、端綱《はづな》を外すのを、ラッセルは何も言わずに見ていた。その一頭に自分の鞍を置き、ラッセルに向かって、もう一頭に彼の鞍を載せるように命じた。

そのとき私は思った。たぶん彼らはラッセルを人質として連れて行くのだろうと。それは筋の通った話だった。彼らは今まで我々に危害を加えるようなことはなかった。しかしこのまま穏やかに何もせずに立ち去ってくれるほど親切なわけはないのだ。その推測は正しかった。ただし彼らが選んだ相手はラッセルではなかった。

相手はミセス・フェイヴァーだった。ブレイデンは馬を彼女の前に連れて行って、言った。「あんたには少しばかり、おれたちに同行してもらう」。その言い方は穏やかなものだった。

そして同じくらい穏やかに彼女は言った。「そうしたくはないわ」。まるで二人で何か相談事をしていて、彼女にも選択の権利があるかのように。

ブレイデンは彼女に手を差し伸べた。「心配することはない」

「私ならここで心配ないわよ」とミセス・フェイヴァーは言った。

ブレイデンはじっと彼女を見た。「つべこべ言わずに一緒に来るんだ」。そしてそれが会話の終わりだった。

彼は手を貸して彼女を馬に乗せた。彼女は鞍に座り、スカートの裾《すそ》を押さえて脚を隠した。そして彼らは道を歩んでいった。ブレイデンは彼女のそばについて、二人とも後ろを振り返らなかった。我々はその姿を見守っていた。誰も口をきかなかった。そしてドクタ・フェイヴァーはその前から、ブレイデンが力尽くで細君を連れて行こうとしているときから、一言も口をきいていなかった。

ラマール・ディーンはそこで馬に乗った。彼はヘンリー銃を両腕に抱えて持ち、そこにいる人々を見下ろした。そして最後に、何かを思案するような目で私を見た。自分が何か過《あやま》ちを犯していないか、たぶん確認をしていたのだろう。

ひとつ見落としがあったことに彼は思い当たった。「ショットガンだ」と彼は言った。「弾倉を空にして、放り投げろ」

私は屋根から御者台に降りて、言われたとおりにした。両方の弾倉から弾丸を抜き、銃を繁みの中に放り投げた。ラマール・ディーンは肯《うなず》いた。それから馬を回して向きを変え、ブレイデンとミセス・フェイヴァーのあとを追った。しかし急ぐ気配はまったく見せなかった。

今ではもうブレイデンとミセス・フェイヴァーは百ヤードばかり先まで進んでいた。彼らは草原の広く開けた部分にいた。二人の更に先の方に土煙が立っているのが見えた。どこかそのあたりで、アーリーとメキシコ人が馬車から外した馬たちを駆り立てているのだろう。

馬車がぶるっと震えるのが感じられた。そのことを覚えている。でもそのときすぐにはあたりを見回さなかった。間を置いて振り向くと、馬車の屋根のすぐ背後にジョン・ラッセルが上がっていて、膝をついて毛布ロールに巻いた弾薬帯を外していた。そして目だけを上げ、急がず慌《あわ》てず悠々と遠ざかっていくディーンの姿を見ていた。ラッセルはスペンサー銃を抜き出し、もう一度ラマール・ディーンの方を見やった。それからやっと口を開いた。

彼は言った、「どうしてあいつらは、ああも自信満々になれるのか？」

彼がいったい何を言おうとしているのか、私にはわからなかった。そして彼がラマール・ディーンを撃つつもりであることも、私にはとても信じられなかった。私は言った、「何だって？」

「過ちをいくつも犯しながら、どうしてああも自信満々になれるのか？」。彼は既に銃尾にカートリッジを滑り込ませていた。単発用に一発だけを手早く装塡《そうてん》した。そのとき私は無言であったはずだ。

彼は忙しかった。だからそれはほとんど独り言だったのだろう。「ただの幸運だろう」と彼は言った。「あいつらは自分たちが抜け目ないと思っている。ただ幸運であっただけなのに」。弾薬帯からカートリッジを三つ抜き出し、それを左手に握った。それから突然は
っ
と静止した。

私はあたりを見渡し、馬に乗ったディーンがこちらに戻ってくるのを目にした。ブレイデンとミセス・フェイヴァーは二百ヤードほど先にいたが、いつの間にかこちらを向いており、彼を待つように手綱を引いてそこに停まっていた。しかし我々に近づきながら、ラマール・ディーンはライフルを鞍の銃袋に収めていた。

ら、コルトを引き抜いた。

THREE

ラマール・ディーンはもうずいぶん近くに寄っていた。

「ひとつ忘れ物をするところだった」と彼は言った。それから馬車の屋根の、私のすぐ後ろにラッセルがいることに気づいた。「あんた、そこで何をしているんだ?」

「自分の荷物をとっている」とジョン・ラッセルは言った。スペンサー銃は、膝《ひざ》をついた両脚のあいだに隠されていた。自分の足に座りかかるような格好で、彼は開いた両手を膝にあてていた。

「どこかに行くつもりなのか?」

「そうだな」、ラッセルは肩をすくめた。「ここにじっと座っているわけにもいくまい」

「どのへんまで行けると思う?」

「やってみないとわからん」

ラマール・ディーンは馬を蹴《け》り、馬車の背後に回った。そしてあぶみの上に立って手を伸ばし、そこに掛かっていた二つの水袋のうちの一つを外し、その革紐《かわひも》の端を自分の鞍《くら》の角《つの》の部分に巻き付けた。それから戻ってきた。革袋は彼の左脚の前に回され、しっかりそこにさがっていた。彼は馬の向きを変え、再び我々と向き合った。

「どこまで行けるか、あんたは答えなかったな」とラマール・ディーンは言った。

ラッセルの肩が上がり、下がった。「実際に行ってみればそれはわかる」

ラマール・ディーンはリヴォルヴァーを上げ、間を置いた。これからやろうとしていることを、我々にしっかり見せるために。メンデスが何かを叫んだ。何を言ったのかはわからない。たぶん意味のない叫びだったのだろう。しかしそのメンデスの叫びに合わせるように彼は銃の引き金を引き、馬車の後尾にまだひとつ残っていた水袋がはじけた。水が勢いよく噴き出し、それから袋がたわむにつれて、ぽたぽたこぼれ落ちた。すべての水が空《むな》しく砂地の路面に吸い込まれていった。ラマール・ディーンは馬上からじっと我々を見ていた。微笑《ほほえ》みもせず、笑いもしなかった。しかし彼がそれを愉《たの》しんでいることは明白だった。

彼はラッセルに言った。「さあ、これでどこまで行ける？」

それは答えを要求していない問いかけだった。ラマール・ディーンは手綱を取り、馬の向きを変えようとした。ラッセルはそのときを待っていた。

「おそらく、デルガドの中継所あたりまでだな」と彼は言った。

ラマール・ディーンは動きを止めた。馬の足が乱れ、彼は我々に横向きになっていた。銃を持った手は反対側にあり、ラッセルを見上げるには肩越しに首をひねらなくてはならなかった。

「何か言ったか？」

「もし我々の喉《のど》が渇いたら」とラッセルは言った。「デルガドのところに行って、メスカル酒でも飲むさ」

ラマール・ディーンはぎこちない姿勢でラッセルの方に顔を向けていたのだが、それでもそのまま動かなかった。彼はまじまじとラッセルを見上げていた。そしてそのとき間違いなく何かが彼の頭にひらめいた。

彼は言った、「そうするといい」。更に数秒間そのまま彼はラッセルを見上げていた。それから軽く馬の脇腹《わきばら》を押し、再び歩かせた。こちらに背中を向けて、怖いものなぞ何もないと言わんばかりに。

私はじっと彼を見ていた。三十フィート、四十フィート、五十フィートの距離があいた。そしてそのあたりでラッセルの声が聞こえた。「伏せろ」、唐突な声ではない。

穏やかで静かな口調だ。

私がシートの上に身を伏せ、頭を下げると、ラッセルが言った。「もっと下、下にだ――」

最後の言葉は穏やかとは言えなかったが、それでも大声ではなかったし、そこには興奮した響きはなかった。スペンサー銃が間髪おかず彼の顔にあてられるのが見えた。私はばったり身を伏せた。そしてあたりを見回し、どこか逃げ場所がないか探した。ラマール・ディーンが六十フィートほど向こうで馬の向きを変えながら、コルトを顔の正面に上げ、まっすぐ構えるのを、私は視野の端に捉《とら》えた。彼は狙《ねら》いを定める余裕をもって振り向いたつもりだった。しかしそのとき私の耳元で、ずどんとスペンサー銃が火を噴き、ラマール・ディーンの姿が一瞬にして馬上から消えた。まるで棍棒《こんぼう》で顔に一撃をくらったみたいに。彼の馬はさっと横に跳んで、それから走り去った。

ラッセルは相手を仕留めたという確信を持っていたに違いない。というのは、彼は既に弾丸を装塡《そうてん》し、馬の行方を追っていたからだ。次に彼が撃つと、馬はよろめいてどうと倒れたが、やがてまた立ち上がろうとした。そしてその馬の向こうに、ブレイデンが駆けつけてくる姿が見えた。しかし更にスペンサー銃が火を噴くと、あわてて馬の向きを変えた。その銃声は私の耳元では轟音《ごうおん》となって響いたが、遮るものもない空中では薄いぽん、という、はじけるような音にしかならなかった。ブレイデンがリヴォルヴァーを二発撃つ音が聞こえた。私は御者台の床にしがみついた。頭上にはスペンサーの銃身しか見えなかった。ラッセルは今では屋根に寝そべるような格好で銃を構え、銃身を前面の金枠に載せていた。照準器でブレイデンの姿を追っていたが、急《せ》いて撃とうとはしなかった。ブレイデンは再び馬の向きを変え、今回は終始丸く円を描きながら、遠くにいる小さな人影（それはミセス・フェイヴァーだった）に向かって、元来た道を引き返していった。ジョン・ラッセルがもうちょっとのところで彼を取り逃したわけだ。少なくともブレイデンはそのときには、彼との直接対決を避けたわけだ。

私は身を起こした。ラッセルは再び銃の弾込めをしていた。今回はゆっくり時間をかけて、毛布からチューブの弾倉を取り出し、56-56の弾丸を七発その中に詰めた。そしてチューブをスペンサー銃の銃床から押し込んだ。

「連中は今度は全員で押してくる」と私は言った。「そうじゃないか？」

「やつらの求めるものをこちらが持っている限り、間違いなく」とラッセルは言った。

何ごとも起こらない時間があった。ドクタ・フェイヴァーとマクラレン嬢とメンデスが一列になって、崖《がけ》を背にしゃがみ込んでいるのが見えた。銃撃が始まったとき、彼らはそこに逃げたのだ。今ではあたりはしんと静まりかえっていたが、誰ひとり動こうとはしなかった。

ラッセルは弾薬帯をバックルで留め、左肩から胸に回して掛けていた。そしてカートリッジが詰まっている部分が前にくるように帯を調整した。そうしているあいだも、彼の目はずっと向こうの草原の上にある二つの小さな人影から離れることはなかった。

我々にはいくらか時間の余裕があったわけだが、そのときはそんなことは考えもしなかった。ブレイデンはアーリーとメキシコ人に追いついて、連れ戻さなくてはならなかったし、二人は馬車を牽《ひ》いていた馬たちを連れて、もう一マイル先まで進んでいたかもしれなかった。私が考えていたのは、いったいどうやってラッセルは、スペンサー銃をあれほど迅速に手に取り、ラマール・ディーンに向かって構え、たった一発で——まるで塀の上に載せた空き缶でも撃つみたいにいとも容易《たやす》く——仕留めることができたのだろう、ということだった。彼はそのあと、水袋をさげたまま走り去っていく馬を倒した。一人の男を撃ち、仕留めたことを即座に確信し、次にはもう馬を倒さなくてはと考え、一瞬の迷いもなく実行に移したのだ。

何ごとも起こらない時間は、おそらく一分くらい続いただろう。それからそういう時間はもう二度となかった。

ラッセルは私の脇を過ぎて馬車の前面に行き、車輪に足を載せて地面に跳んで降りた。もちろんスペンサー銃を手にしていた。もう一方の手には毛布ロールと、彼とメンデスが飲んでいた水筒があった（些《さ》細《さい》なことが記憶に残るものだ――。水筒にはストラップはついていなかった。かつてストラップが通されていた金属の輪っかが二つあるだけだ。ラッセルはその輪っかに指を入れて水筒を持ち運んだ）。

彼は他のみんなには目もくれなかったと思う。ラッセルは我々がやってきた道路を、一人で歩いて戻り始めた。途中で一度だけ足を止めたが、それは捨てられたコルト拳《けん》銃《じゅう》を拾い上げ、ホルスターに突っ込むためだった。そしてそこから坂道を少し下ったところで、今度は道路を離れ、斜面を上がり始めた。グリースウッドやその他の低木のあいだを抜け、かなり機敏に移動した。

ドクタ・フェイヴァーがまず我に返った。彼はラッセルに向かって何か怒鳴った。それからメンデスが道路に出て行ってラッセルの姿を見上げた。ドクタ・フェイヴァーは走って、馬車の反対側の茂みの中に入っていった。

それから私も降りていった。食料品が入っているずだ袋を手に取り、自分の毛布ロールを持った。私が道路に戻ったときに、ドクタ・フェイヴァーが自分の小さなリヴオルヴァーと、メンデスの銃身を切ったショットガンを手に、藪《やぶ》から出てきた。メンデスとマクラレン嬢はまだぼんやりラッセルを見ていた。

「やつは逃げるつもりだ」とドクタ・フェイヴァーは言った。彼はとても冷静とは言い難かったし、そのとき私はこう思った。もしショットガンに弾丸が込められていたら、この男はきっとラッセルに向けてそれを撃っていただろうと。

「我々はあの男を必要としている」とドクタ・フェイヴァーは言った。そこで彼はそのことに思い当たった。ジョン・ラッセルがアパッチ・インディアンであると思い込んでいればこそ、彼の必要性が骨身に染《し》みてわかったのだ。なにしろ我々は荒野の真ん中に放り出されてしまったのだから。

そのとき残りのみんなも、すっかり我に返った。マクラレン嬢は言った。「どこに行けばいいのか、見当もつかない。今どこにいるのかさえまったくわからない」

「我々は道のりの、おおよそ半分くらいのところまで来ているはずです」と私は言った。「半分より過ぎているかもしれない。本道に戻れば、どのあたりにいるのかがわかるのですが」

「じゃあ、本道まではどれくらい距離があるの？」

フェイヴァーは彼女に厳しい一瞥《いちべつ》をくれた。自分が考え事をしようとしているときに気を散らせるなと言わんばかりに。「少し静かにしてくれないか」と彼は言った。

その発言が彼女をかっとさせたことは明らかだった。「私たち、こんなだだっ広い土地にいるのよ」と彼女は言った。「静かにするも何もないでしょう」

ドクタ・フェイヴァーはそれには返事をしなかった。彼はメンデスを見て言った。「こっちに来てくれ」、そして彼にショットガンを手渡した。そして二人はラマール・ディーンの馬のいるところまで急いだ。ドクタ・フェイヴァーはラマール・ディーンの死体を大きく避けて回り込んだ。その死体はまるで杭《くい》に縛りつけられた人のように、両手足を大きく広げて地面に横になっていた。だがメンデスはそこで歩を停め、ラマール・ディーンのコルトを拾い上げた。それから二人は死んだ馬のところに行った。そこにしばらく屈《かが》み込み、ドクタ・フェイヴァーはサドルバッグを外し、メンデスは水袋を取り上げた。ヘンリー銃にはどちらも手を出さなかった。あるいは銃は馬体の下敷きになって、引っ張り出せなかったのかもしれない。

二人が死んだ馬に関わっているあいだ、マクラレン嬢はその光景を見ながら言った。

「あの人は奥さんのことなんか考えてもいない。あなた、それはわかっている?」

「いや、考えてはいるはずだ」と私は言った。奥さんのことを強く思っているとは言えなくても、少なくとも気に掛けてはいるだろう……という程度のことを言いたかっただけだ。この娘は彼にいったい何を期待しているのだ？　ドクタ・フェイヴァーがブレイデンのあとを追うなんてどのみちできっこない。そんなことをしても奥さんは取り戻せない。

「あの人は奥さんのことなど忘れてしまっている」とマクラレン嬢は言った。「頭にあるのは盗んだお金のことだけ」

「そんな風には言えないよ」と私は言った。私が言いたかったのは、人が頭の中で何を考えているかなんて、簡単にわかるものではないということだ。とくに今我々が置かれているようなぎりぎりの状況にあっては、人はとりあえず行動を起こすしかない。理屈や筋道をつけるのはあとのことだ。

ラマールの馬からものを回収してくるのに時間を要した。そのせいで、道を歩いていって崖を越え、斜面を上り始めたときには、我々はもうラッセルを見失ってしまっていた。彼の姿はどこにも見えなかった。

ドクタ・フェイヴァーはサドルバッグを肩に掛け、我々の前を歩いた。彼はラッセルが進んだのと同じ方向を目指していた。斜面は最初のうちはそれほどきつくはなかった。そこは広く開けた土地で、瘤《こぶ》のように盛り上がって、松が列をなしているてっぺんに達していた。しかし急ぎ足で登っていくと、ほどなくみんなの脚が痛み出した。

かちかちになって、脚の中で何かがもつれ、二度とほどけそうにない感じだった。

我々の背後に迫っているものを思えば、急がないわけにはいかなかった。当たり前のことだ。しかしそれと同時に、我々が急いでいるのはラッセルに追いつくためでもあった。我々は暗闇《くらやみ》の中で、家に向かって走っている小さな子供たちのようなものだった。そしてもし無事に家に戻り着けたとしても、ひょっとして戸口は施錠《せじょう》され、家は無人なのではあるまいかという怖《おそ》れを感じてもいた。そういう感覚はわかってもらえるだろうか？ 彼は単独で行動するために、我々を見捨てたのではないかと我々は恐れていた。結局のところ、ラッセルなしではここから生きては出られないということが、我々にはわかっていたのだ。

ドクタ・フェイヴァーはてっぺんの樹列に達すると、そこで少し躊躇《ちゅうちょ》していた。あるいは躊躇しているように見えた。それから彼の姿は見えなくなった。そこで我々は歩く速度をより速めた——脚はもうくたびれきっていたのだが。十フィート離れたところからでも、はあはあというメンデスの激しい息づかいが聞こえた。

しかしそんなに急ぐ必要はなかったのだ。てっぺんに着いてみると、ドクタ・フェイヴァーは木陰で立って休んでいた。そしてラッセルはそのすぐ先にいた。彼は地面に毛布を広げて座り、ブーツを脱いで、つま先の部分がカールしたアパッチのモカシン靴に履き替えているところだった。そして横に立っているドクタ・フェイヴァーのことなど眼中にもないようだった。ドクタ・フェイヴァーはおまえを捕まえた、もう逃がさないぞという顔で、実際にリヴォルヴァーの銃口を彼に向けてまでいた。息を切らせているために、その胸は激しく上下していた。

メンデスはラッセルを見ながら、もう少しその近くに寄った。「どうして一人で先に行ってしまったんだ?」と彼は言った。ラッセルは返事をしようともしなかった。何も聞こえなかったようにさえ見えた。

「こいつはみんなのことなどどうでもいいのだ」とドクタ・フェイヴァーは言った。

「自分さえ助かればいいのさ」

「いったいどうしたっていうんだ?」とメンデスは言った。「このことについては、ちゃんと話し合わねばならんぞ。自分一人だけ助かろうと、みんなが勝手なことをしたらどうなる? それは良いことではなかろう?」

ラッセルはモカシン靴を履くために片脚を持ち上げた。それは丈のあるアパッチ風の靴だった。膝の上にまで達して、どちらかというとゲートルに近い。彼はそれを巻き下ろし、ズボンの裾《すそ》を中に入れた。そしてふくらはぎのところで、ストラップのようなものでぎゅっと縛って締めた。それを一通り終えるまで、彼は目を上げなかった。

それから彼は言った。「何が望みだ？」

「何が望みか？」とメンデスは驚いて言った。「我々の望みは、ここから無事に抜け出すことだ」

「抜け出せばいい」とラッセルは言った。

メンデスは眉《まゆ》をひそめた。「おまえ、いったいどうしたんだ？」

ラッセルは今では両方のモカシンを履き終えていた。ブーツは丸めて、毛布の中に巻き入れた。我々の方は見ずにその作業を終え、彼は言った。「みんな、おれと一緒に来たいのか？」

「おまえと一緒に？　我々はみんな一緒じゃないか。これは一人の人間の身に起こったことじゃない」とメンデスは言った。「我々みんなの身に起こったことだ」

「でもあんたは、おれに道案内をしてもらいたがっている」とラッセルは言った。

「ああ、そうさ。おまえが道を案内してくれて、我々はあとをついていく。でもとにかくみんな一緒だ」

「それはどうだろうな」とラッセルはとてもゆっくりと言った。まるでそれについて考慮を重ねているみたいに。彼はドクタ・フェイヴァーを見た。文字通り直視した。

「あんたはおれと同じ馬車には乗れないと言った。じゃあ、一緒に歩くことだってできないんじゃないか……なあ？」

一分ばかり、いやもっと長い間かもしれない、誰も口をきけなかった。ラッセルは毛布を巻き終え、中にあった紐でぎゅっと縛った。

彼が立ち上がったとき、メンデスが言った。とくに驚いてもいなかったし、興奮してもいなかったし、もう眉をひそめてもいなかった。その真剣な声は、重く低く抑えられていた。彼は言った。「それはどういう意味だ？」

ラッセルは彼の顔を見た。「つまり、おれが彼らと一緒の馬車に乗れないなら、彼らはおれと一緒に歩くこともできないんじゃないかと、そういう意味だ。あるいは彼らはおれとは違う歩き方をするかもしれない。あんたにはわかるだろう、メキシコ人？」

「私はおまえをこれまで援助してきた。自分の息子のように思って！」、メンデスの声が荒くなった。目が大きく見開かれ、白目がくっきりと見えた。しかしラッセルはそちらを見てもいなかった。彼はそのまま歩き去った。メンデスは叫び続けていた。

「なあ、いったいどうしたんだ？」

「勝手に行かせればいい」とドクタ・フェイヴァーが言った。

我々はそこに立って、ラッセルが樹木の間を抜けて歩いて行くのを見ていた。

「あんたは何を期待しているんだ？」とドクタ・フェイヴァーが言った。「あんなやつに、人間らしい振るまいを期待したところで空しいだけだ」

「私はこれまで彼を援助してきたんだ」とメンデスは言った。そこで起こったことがまだ信じられないという顔で。

「じゃあ今度はあいつに援助してもらおう」とドクタ・フェイヴァーは言った。「我々のことなど関係ないとやつがいくら思っていようと、あとをとにかくついていけばいいんだ。そうだろう？」

そのときは誰も、彼の問いかけに答えようとはしなかった。というのはそれは純粋な意味での問いかけではなかったからだ。しかし後刻私は、それについてあれこれ考えを巡らすことになった。それから二時間か三時間、ラッセルの歩みについていこうと悪戦苦闘しながら、私はそのことをずっと考えていた。

ホールドアップがあったのは、三時半か四時頃のことで、そのとき丘のこちら側には、既に影がしっかり広がっていた。そのあと陽光はますます弱くなっていった。おかげで我々がラッセルのあとを追って歩き出したとき、彼の姿を視野にとらえ続けるのは、既にずいぶんむずかしい作業になっていた。たとえ彼が遮るものひとつない開けた土地にいたとしてもだ。

昼間の陽光の下では、その土地には茂みや岩が点在している。死に絶えたような埃《ほこり》だらけの風景だが、僅《わず》かながら色彩らしきものはある。暗い緑と淡い緑、茶色、白っぽい黄色。でも日が暮れるとそこは、一面褐色の、靄《もや》がかかったような状態になる。松の樹列を向こう側まで下って抜けて、開けた土地に出ると、我々はまわりをぐるりと高い峰に取り囲まれてしまった。

開けたと私は言ったが、それはただ樹木が生えていないというだけの意味であって、決して平坦《へいたん》で歩きやすいことを意味しているわけではない。

我々はだいたいドクタ・フェイヴァーを先頭にして歩いた。ずっと先の方にラッセルの姿が見える。それからふと彼の姿が見えなくなる。彼が姿を隠したわけではない。そういう時刻であり、そういう地勢なのだ。細かな陥没があり、隆起がある。あらゆる種類の灌木《かんぼく》が生え、サボテンが生えている。至るところに伸びているハシラサボテンは、今はもう柵《さく》の柱のようには見えない。それはインディアンの墓所に立つ墓標のように見える——もしそんな場所が存在するとすればだが。しかしそれが我々を怯《おび》えさせたわけではない。我々を怯えさせたのは、背後から追ってくる悪党の一味であり、ラッセルに置いていかれたらどうしようという怯えだった。

我々があとをついてきていることをラッセルは承知していたはずだ。しかしだからといって彼は走ろうともしなかったし、身を隠そうともしなかった。どうしてそうしないのかしらと、マクラレン嬢はその疑問を実際に声に出した。おそらく彼はわざわざそんなことをする必要もないとわかっていたのだろう。

それらの丘を越えていく小径《こみち》がついていた。ラッセルはしばらくその小径を辿《たど》った。それから開けた土地を半マイルばかり横切った。向こう側の端に着いて、二つの尾根に挟まれた大きな溝地《トラフ》のような急な峡谷を登った。彼のあとをついて開けた土地を横切りながら、我々は何度も背後を振り返った。しかしブレイデンの一味はまだ我々に近づいてはいなかった。

ラッセルは峡谷を出ると、樹木で被《おお》われた箇所を目指して、また坂を登っていった。その上りが最も苛酷《かこく》なところだったと思う。我々はとにかくそこでくたくたになってしまった。全員が急いでいたし、ラッセルを見失わないようにすることで体力を使い果たしていた。しかし尾根に登り着いてみると、そこには彼の姿はなかった。

我々は樹木を辿るように北に向けて進んだ。たぶん彼はそうしたに違いないと思ったからだ。でも一マイルかそこら進んだところで、樹木が消えた。尾根のてっぺんの部分は狭まって、剝《む》き出しの尖《とが》った背になっていた。だから我々は苦労してまた下に向かい、別の小径に出た。より暗く、影に覆われた道だった。そのときにはもう時刻も遅くなっていたからだ。そこで我々は再びラッセルの姿を目にした。そして我々はもう匙《さじ》を投げたくなった。もうここまでだ、と言いたくなった。彼は再び登りにかかっており、この小径のほとんど反対側にある崖のてっぺん近くまで、既に達していたからだ。藪の部分を越え、斜面が切り立った岩の壁になっているあたりを目指していた。そこで我々は悟った。彼のあとをついて行くことなんてとてもできっこない、と。あいつは我々を意図して置き去りにしようとしている、とドクタ・フェイヴァーは言った。それは違うとマクラレン嬢は反論した。あの人は私たちがついてこようと、あるいは羽をはやして飛んでいこうと、そんなことはちっとも気にかけちゃいない。彼は馬に乗ったブレイデンと、彼の仲間たちのことを考えているのよ。彼らが私たちのあとを追うのができるだけ厄介なことになるように、全力を尽くしているの。彼のあとを追いかけるなら、馬を下りて歩かないわけにはいかないような道を選んでいるのよ。

彼女がそう言ったことで、我々はまたブレイデンのことを考え、疲れてはいたけれどまた前に進み始めた。そしてラッセルがさっき登っていたのと同じ崖の登りに取りかかった。それはかなりの難事だった。というのはあたりはもうずいぶん暗くなっていて、足下がよく見えなかったからだ。

その斜面の上で、再び樹木の間に入って、我々は休憩を取り、食料品袋に入っていた乾燥ビーフとビスケットをいくらか口にした。それを食べ終える前に、日がとっぷり暮れてしまった。これ以上暗くはなれないのではないかと思えるほどの濃密な暗さだった。この休憩は我々がそれまでにとった中では最長の休憩だったが、いったん座り込んでしまうと、立ち上がることがすっかり難しくなってしまった。このまま進み続けるかどうかで、我々は議論をした。

メンデスはそこに留まろうと言った。これ以上苦労して進む意味はない。ブレイデンが追いつくのなら、追いつかせればいい。

ドクタ・フェイヴァーは何があろうと先を急がなくてはならないと言った。いや、そう命じたというべきだろう。ブレイデンは暗闇の中では、我々のあとを辿ることはできないはずだ。だからその利点をいかして、今のうちに先に進もう。

進みましょう、とマクラレン嬢も言った。私はそれに賛成する。でもどちらに向かうの？　道に迷ってぐるりとまわって元に戻り、ブレイデン一味と鉢合わせするようなことにはならないかしら？

北を目指すのだ、とドクタ・フェイヴァーは言った。終始北に向かって進むのだ。

マクラレン嬢はその案に同意した。でもどっちが北向きなの？　彼はどこかを指さした。しかしそれほどの確信がないことは明らかだった。あるいは私一人で先に進んでもかまわない、とドクタ・フェイヴァーは言い出した。そしてみんなの反応を見た。一人で先に行って、助けを呼んで戻ってこよう。しかし彼はその話をそれ以上進めなかったし、誰もそれについて意見を口にしないまま、その案は立ち消えになった。

　どうしてここで奥さんの話がまったく出てこないのか？　私は少し前にマクラレン嬢が言ったことを思い出した。あの人は奥さんのことなんて忘れてしまっているのよ。あの人にとって大事なのはお金だけよ……。

　でもそんなことがあり得るだろうか？　もしそれが自分の妻だったら、私はどうするだろうと考えてみた。どこかに隠れて彼らを待ち伏せするだろうか？　彼らの手から妻を取り戻そうと試みるだろうか？　いや、そんなことは無理だ、と私は思った。となれば、彼女と金とを交換するしか道はない。ドクタ・フェイヴァーだって、そのことは間違いなく考えているはずだ。

　じゃあ、どうして彼はそうしないのだ？　あるいは少なくとも、そういう案を持ち出さないのだ？　だがそうは言っても、結局のところそれは彼自身の問題である。あなたはこうするべきだ、などと彼に向かって意見することはできない。私などが横から口を出す問題ではない。私だって何も、他人事《ひとごと》のような無情な言い方をしたくはないが、要するにそれが正直なところだった。我々は自分たちが抱えている問題だけで手一杯で、他人の奥さんの身の上について案じているほどの心の余裕はなかった。我々が黙って座っていると、やがてドクタ・フェイヴァーが、私は行くぞと言った。彼が進み出すと、マクラレン嬢があとを追った。そしてメンデスも私もそれに続いた。我々はとにかく誰かのあとをついていかなくてはならなかったのだ。私はそう思う。それからあと我々がどこにいて、どちらに向かっていたのか、私には何ひとつわからない。

その頃には我々はもうほとんど口をきかなくなっていた。時折ドクタ・フェイヴァーが何かを言った。だいたいはどの道を行くかについてだった。でも一度だけ、みんなはどこかに身を隠して、自分だけがひとりで先に行ったらどうだろう、という提案を再び持ち出した。

自分はそれでかまわないとメンデスは言った。どちらだっていいんだと。しかしマクラレン嬢と私は首を横に振った。ブレイデンが我々の背後にいて、夜が明けるのを待って、すぐさま我々の足跡を追ってくるところを、私はずっと思い浮かべていた。彼らが追いつくのを座して待っているわけにはいかない。

マクラレン嬢はそれとは違う見方をしていた。彼女は面と向かってドクタ・フェイヴァーにこう言った。「それはもう既に盗まれたお金よ。私たちはそんなものには手を触れないから、心配はご無用よ」

「まるで私が君たちを信頼していないような言い方だな」とドクタ・フェイヴァーは言った。「まったく何を考えているのだか」

「あなたが何を考えているかを、むしろ知りたいわ」とマクラレン嬢は言った。「奥さんのことじゃないのは確かみたいだけど」

ドクタ・フェイヴァーは無言だった。我々は歩き続けた。

我々の中で、誰がいちばん優秀な人間だったか、誰がいちばん自らを律し、文句一つ口にせず、最も確かに歩き続けられたかと訊《き》かれたら、それはマクラレン嬢だと私は言うだろう。驚かれるかもしれないが、考えてみてほしい。彼女はなにしろ反乱アパッチ族と一ヶ月以上生活を共にしていたのだ。アパッチは移動をくり返していたから、彼女もまた彼らとともに旅をしなくてはならなかった。それができなければ、殺されていたはずだ。あなたは彼女を見て、こういぶかるだろう。そんなひどいことが一人の若い娘の身の上に起こって、それが彼女の顔つきにまったく現れないというのは、いったいどういうことなのだと。

一度など彼女はこう申し出た。私の持ち運んでいる食料袋か毛布ロールを自分に持たせてと。でももちろん私は耳を貸さなかった。

とうとうドクタ・フェイヴァーも音を上げ、我々を溝地に導き、ここで一夜を過ごすことにしようと提案した。でも彼女は「いいえ、このまま進み続けるのよ」と断言した。ここで我々が一夜を過ごせば、夜が明けたときにラッセルの姿を見つけるチャンスが、より大きなものになるだろうとドクタは言った。その意味が私には今ひとつわからなかったが、それはたぶん言い訳に過ぎなかったのだろう。彼がそこに留まりたかった本当の理由は、ただ自分は疲れきってしまったということだったに違いない。

我々が今手にしているこの暗闇を利用しない手はないと、マクラレン嬢は主張した。夜明けまでにはまだ二、三時間あるのだから。しかしメンデスが疲労困憊《こんぱい》している様を目にしてあきらめた。その疲労の度はあまりに激しく、立っているのさえやっとだった。

我々は既に食料袋から乾燥ビーフとビスケットをいくらか食べていた。だからあとはただ眠るしかなかった。毛布を所持する人間は私一人だった。だから私はそれをマクラレン嬢に提供すると申し出た。しかし彼女は断った。あなたが使えばいいと彼女は言った。結局私はそれを自分で使ったが、丸めて枕《まくら》としただけだった（馬鹿《ばか》げていると思われるかもしれないが、私としては自分一人だけ毛布にくるまって寝るわけにはいかなかった。正直、そうしたいのは山々だったが)。

進むのをやめた時点で、夜明けまでにあと二、三時間を余すのみだったから、我々は短い眠りしかとれなかった。とはいえ、私はいつしかぐっすり眠り込んでしまったのだが。

朝になっても、誰もほとんど口をきかなかった。なにしろほとんど一晩中歩き続けたあとで、寒さの中で地面に横になり、二時間半足らずの睡眠をとっただけなのだ。どんな気分かは想像がつくだろう(そう、夜はひどく冷えた。昼間は焼けつくばかりに暑かったというのに)。それに加え、自分たちが今どこにいるかも定かではないし、馬に乗ったブレイデンの一味が背後に迫っているのだ。

その朝、唯一《ゆいいつ》はっきりわかっていたのは、とにかく北を目指さなくてはということであり、我々はそちらに向けて進んだ。その前に我々はまた少し乾燥肉とビスケットを食べ、数口ずつ水を飲んだ。

北を目指すと言っても、なにも直線距離を進んだわけではない。切り立った坂道を登って、登りついてみたら先には道がなかったというようなつらい思いを繰り返したくなければ、高地を切り落とすようにつくられた乾いた河床や涸《か》れ谷を辿っていくしかない。一マイル北に進むためには、二マイルか、下手をすれば三マイル歩かねばならない。当然ながら誰もほとんど口をきかなかった。午前中はずっとそんな具合だった。新たな展開が生じたのは、たぶん正午の一時間かそこら前だったと思う。我々は木立を抜け、開けた草地に出た。山に囲まれた小さな盆地で、牧草が繁《しげ》っている。その草地を歩いて抜け、そこから先に続く唯一の道へと進んだ。そのかなり長い涸れ谷を我々は上った。深い谷で、密な藪があり、道の両側には岩がごろごろ転がっていた。涸れ谷の横幅は六十フィートほど、上った高さは三百フィートはあっただろう。もちろん記憶を頼りにおおまかな数字を出しているだけだが。

我々は先刻横切った草地をたびたび振り返りつつ、その涸れ谷をなんとか上りきった。そしてようやくてっぺんに辿り着いたとき、我々は手にしていた荷物をすべてあやうく取り落としてしまうところだった。疲労からではなく、驚きから！

そこに腰を下ろし、膝にスペンサー銃を置き、のんびり煙草《たばこ》をふかせていたのはなんとジョン・ラッセルだった。

メンデスは彼の名前を叫んで、そこに走り寄った。メンデスもおそらく私と同じように考えたのだろう。ラッセルは思い直し、怨恨《えんこん》みたいなものを忘れ、我々に進むべき道を教示しようとしているのだろうと。

メンデスは彼を少しばかり叱《しか》ったが、その口調はあくまで冗談めかしたものだった。

なあ、あんな振る舞いはするべきではなかったぞ、と。メンデスはラッセルを前にしてとても喜んでおり、真剣に腹を立てる気持ちにはなれなかったのだ。とてもおまえについて行くことはできなかったよ、おかげでみんなくたくただ、と彼は言った。ラッセルは腕を伸ばして彼を脇にどかせ、我々全員を頂上部分からどかせた。そして下から我々の姿が見えないようにした。

メンデスの振る舞いを目にして、我々の心配は終わった。

しかしドクタ・フェイヴァーにとっては、そうでもないようだった。彼はラッセルを睨《にら》みながら言った。「君はそこにずっと座り込んでいるつもりかね?」

ラッセルは動かなかった。「あんたは一刻も早く先に行きたいんだろう。なあ?」

ラッセルに動くつもりのないことを彼は見て取った。「何か言いたいことがあるようだな」とドクタ・フェイヴァーは言った。「聞かせてもらおう」

「先に行きたいのなら」とラッセルは言った。「行けばいい」

ドクタ・フェイヴァーは彼の顔を見続けていた。「他には?」

「サドルバッグと銃はここに置いていけ」

ドクタ・フェイヴァーの大きな赤ら顔はリラックスし、ほとんど微笑みを浮かべているようにも見えた。「ほらな」と彼は言った。「これではっきりした。一晩かけて考えて、やっと思い当たったのだろう。大事なお宝をあとに残して逃げる手はないということに」

メンデスはよく事情がわからず、顔にまた憂慮の色を浮かべた。「どういうことなんだ？」と彼はラッセルに尋ねた。

「私の金だよ」とドクタ・フェイヴァーは言った。「それを独り占めにするまたとない機会だと思ったのさ。ここならどんな法律の手も及ばないからな。しかし四人対一人だぞ。そのことはたぶん考えなかったのだろう」

ラッセルは煙草の煙を吸い込んだ。「一人で十分かもしれない」と彼は言った。

そこでマクラレン嬢が脇から割り込んだ。「あなたのお金ですって」と彼女はドクタ・フェイヴァーに向かって叫んだ。文字通り叫んだのだ。「ひとのお金を盗んでおきながら！ 私たちがあなたの側について、盗まれたお金をあなたのために護《まも》るですって！」、それから彼女の目はラッセルに向けられた。「あなたはここに座り込んで、お金のことで言い合いをしている。そうして時間を無駄にしているあいだに、フランク・ブレイデンは刻一刻と私たちに迫っているのよ」

「言葉には気をつけなさい」とドクタ・フェイヴァーが彼女に言った。「考えなしに人を批難するんじゃない。それは私の金だ。私の私有物だ。死んだ無法者が口にしたことなど、何の証拠にもならん」

「話はもういい」とメンデスは言った。自分が今そのことを思いついたみたいに。

「我々は移動しなくちゃならない」

ラッセルは彼を見上げた。「どこに行きたいんだ？」

メンデスは言った。「おまえ、頭がどうかしたのか？　あいつらがあとを追ってくるんだぞ！」

「どこに行くか教えてくれ」とラッセルが言った。

「どこに行くか？　私にはわからん。ここの先だ」

「ひとつ言いたいことがある」とラッセルが言った。「この先は開けた土地だ。横切るのに二時間か三時間はかかる。そしてあんたがまだそこを歩いている最中に、連中は馬でやってくる」

「じゃあ、どこかに隠れるさ」とメンデスは言った。「そして暗くなるのを待ってその土地を横切る」

ラッセルは肯《うなず》いた。「もっと良い手がある。ここで連中を待って、やつらの馬を撃ち、条件を五分五分にする。あるいは始末をつける」

「始末をつける」と私は言った。その意味することは理解できた。しかし彼が我々に何をしてもらいたがっているのか、それがうまく呑《の》み込めなかった。「あいつらを殺すってことか？」

「もし追いつかれたら」とラッセルが言った。「連中があんたたちを殺す」

「でも彼らは今までのところ誰も傷つけなかった。なぜ今になってそうするんだ？」

「あんたは、自分の水をあいつらに与えたいか？」

「連中も水は持っている」

「あいつらは水筒を二つ持っているだけで、昨日一日そこから飲んでいた。あんたのを彼らに与えるつもりか？」

「いや、しかし――」

「なら、連中は水のためにあんたを殺す」

それまでは、懸命に逃げてうまく逃げおおせるか、あるいは逃げ切れず捕まって連中に金を奪われるか、そのどちらかだろうと思っていた。それが今では、相手を殺すか、こちらが殺されるかという話になってきた。それは考えるだに恐ろしいことだったし、それ以外に何かとるべき道がないか、必死に探し求めないわけにはいかなかった。逃げるか、隠れるか。逃げるか、隠れるか。ラッセルがそこに腰を据えて待機し、涸れ谷を見下ろしているあいだ、私の頭には様々な方策が浮かんでは消えた。

「もし始末をつけることができなかったら」とドクタ・フェイヴァーは言った。始末をつけるという表現をいかにも愚かしく響かせながら。「そのときはどうなる？」

「あんたに口を出す権利はない」とラッセルは彼の顔を見上げて言った。「先に行こうがここに残ろうが、それはあんたの自由だ。しかしどちらにせよサドルバッグは置いていけ」

「きっと一晩寝ずに考えていたのだろうな」とドクタ・フェイヴァーは言った。

「ふと思いついてね」とラッセルは返事をした。

「金はいくらあると思う？」

ラッセルは肩をすくめた。「どうでもいい」

「ウィスキーを好きに飲み続けても、たいして金はかからんものな。違うか？」

「ベリー・ガン（ポケット拳銃）も置いていくんだぞ」とラッセルは言った。そしてそれを受け取るために手を差し出した。そのときに身体《からだ》をほんの少し曲げたので、膝《ひざ》の上のスペンサー銃もそれにあわせて動いた。

ドクタ・フェイヴァーは身じろぎもせず、じっと相手を見ていた。「おまえが忘れていることがひとつある」と彼は言った。「もしほかのみんなが、おまえの反対側についたらどうする？」

「なら、あんたがみんなを導けばいい」とラッセルは答えた。

彼はそこに座って、ドクタ・フェイヴァーの方に手を差し出し続けていた。彼はそのままの姿勢を、人生の終わりまでずっと続けられただろう。それは誰の目にも明らかだった。ラッセルと行動を共にするなら、彼の流儀に従うしかないのだ。彼のやり方を受け入れるか、あるいはドクタ・フェイヴァーと共に先に進むか、どちらかだ。それはどちらが良きもので、どちらが悪《あ》しきものか、という選択ではなかった。要するに、どちらが他方よりもよりましに思えるかということであって、そうなるとそれは難しい選択ではなかった。

マクラレン嬢が結論を口にした。大きな声ではないが、とにかく具体的な言葉にした。「私は家に帰りたい」と彼女は、ドクタ・フェイヴァーの方にはほとんど目を向けずに言った。「なんとしても家に帰りたい。そしてこの人にはまず道はみつけられないと思う」

メンデスも私も何も言う必要はなかった。もしドクタ・フェイヴァーの側につく気であれば、そう口に出していたはずだ。

我々がじっと見ていたからだと思うのだが、ドクタ・フェイヴァーは自分がばつの悪い思いをしたり、不安にしているところを見せまいと努めていた。彼がそれをうまくやってのけたことは認めざるを得ない。事態の推移を冷静に受け止め、反論をまったく口にしなかった。しかし彼が頭の中で何かを素速く計算していたことに、まず間違いはない。彼は黙って肩をすくめ、リヴォルヴァーをラッセルに手渡した。

「酋長《しゅうちょう》は戦いがお好きなようだ」と彼は言った。彼がその場をどのように取り繕ったか、わかるだろう。ラッセルが粗暴なならず者で、場を収めるためには自分がいったん譲歩しなければならない、という風に話を持っていったのだ。

ラッセルは気にもとめなかった。彼は銃を取りあげ、それからメンデスを見た。そしてメンデスが自分のショットガンの他に、ラマール・ディーンのリヴォルヴァーを持っているのを目にした。

「射撃は得意か？」と彼は尋ねた。

メンデスは眉をひそめた。「さあ、どうだろう」

「まあ、やってみるさ」とラッセルは言った。「最初にショットガンを撃つ。相手を近づけておいてからな。手が届きそうなくらい近づけてからだ。そのあと必要であれば、拳銃《けんじゅう》を使えばいい」

「どうかな」とメンデスは言った。「ここにじっと座って、やつらがやって来るのを待つなんて」

「もっと良い方法があるのなら、聞かせてくれ」とラッセルは言った。メンデスに話しかけるそのときのラッセルの声は優しかった。それを耳にしていると、二人は以前からの知り合いで、たぶん友だちでもあったことが思い出された。

ラッセルは涸れ谷を見下ろし、草原の向かい端の木立のあたりを見張っていた。もし連中が我々の足跡を辿っているなら、彼らはその木立を抜けてやってきて、そこから草原を横切ろうとするはずだ。それが彼にはわかっていた。

それからラッセルはまっすぐ私を見て、ドクタ・フェイヴァーのリヴォルヴァーを私に手渡した。最初のうち私はそれを受け取ろうという素振りを見せなかった。

彼はもう一度その拳銃を前に差し出した。「さあ、いいから受け取れ」とでも言うように。そして今回、私はそれを受け取った。

「あんたにひとつやってもらいたいことがある」と彼は言って、ドクタ・フェイヴァーの方を見た。そしてまた視線を戻した。「彼を見張るんだ」

次はマクラレン嬢の番だった。彼女はそこに立っていた。その浅黒く美しい顔はとても物静かで、自分をじっと見ているラッセルの顔に目を向けていた。

「あんたはこの男と一緒にいろ」とラッセルは言った。この男とは私のことだ。

「カール・アレン」とマクラレン嬢は言った。

それでラッセルの動きがほんの一瞬止まった。まるで考えていることを途中で彼女に邪魔されたみたいに。「あんたはサドルバッグと水の番をしてくれ」

「インディアン女たちの仕事だ」とドクタ・フェイヴァーは言った。「きっと君が好きな仕事だろう」。彼はまたこうも言った。「ほら見ろ、とんだ面倒に巻き込まれたものじゃないか」

そんな言葉を彼女はまるで気にしなかった。あるいは集中してラッセルを見ていたので、耳に入らなかったのかもしれない。「お金と水袋ね。でもあなたは自分の水を持っているみたいだけど」。彼の隣の地面に置かれた水筒のことを彼女は言っているのだ。彼とメンデスが二人で使っていた水筒だ。

ラッセルは彼女を見た。言外の意味をすべて汲《く》み取ろうとするように。「あんたはこれもほしいのか？」

「荷物は少ない方がいいんじゃないかしら？」と彼女は言った。彼女がどこまで本気でそんなことを言っているのか、わかりかねるところだった。

ジョン・ラッセルは少し迷っていた。まるで水筒を渡してしまうことで、彼の独立性が失われてしまうのではないかというように。しかし彼は水筒を差し出し、マクラレン嬢はそれを受け取った。

「あんたとあんたとあんたは」とラッセルは言った。それはマクラレン嬢とドクタ・フェイヴァーと私のことだった。「ここにいるんだ。立ってはならん。その縁《へり》から離れず、立ち上がらない。そこに座ったまま動くんじゃない」（まるで学校の先生が小さな子供に話しかけるみたいに！）「彼は――」

「レヴェレンド（聖職者につける尊称）・ドクタ・フェイヴァー」とマクラレン嬢は、その声に少しばかり鋭い棘《とげ》を込めて再び口を挟んだ。

「やつらが姿を見せる前であれば、彼はいつでも好きにここを立ち去っていい」とラッセルは続けた。「でもそのあとはだめだ」。そして私の顔を再びまっすぐ見た。しかし彼はまだドクタ・フェイヴァーのことを話していた。

「もし彼が手ぶらで立ち去ろうとしたら、一度撃て」とラッセルは言った。「もしサドルバッグを持って行こうとしたら、二度撃て。水を持って行こうとしたら、銃が空っぽになるまで撃て。わかったか？」

（あとになって思うに、ラッセルはそのとき、我々に向かってそんな物言いをすることを、少なからず楽しんでいたのだろう。半分は真剣だが、半分は冗談だ。しかしそんな切迫した状況で軽口がきけるなんて、どこの誰が思うだろう？　だからもちろん笑みを浮かべるものなどいなかった。冗談が通じない連中だと彼は思ったに違いない)。

私はただ肯いた。ドクタ・フェイヴァーが目の前にいたので、それについて何か意見を述べる気にはなれなかった。

「どうかな」とメンデスは言った。彼の頭の中で今まで何が進行していたかは、傍目《はため》にも明らかだった。「我々はこのまま逃げ続けるべきじゃないのか。うまくすれば逃げ切れるだろう」

「じゃあ逃げればいい」とラッセルは彼に言った。「あいつらはあんたを捕まえたら、その場で殺す。それくらい確かなことは他にない」

みんなここにじっとして、身を低くしているんだ、とラッセルは再び我々に命じた。彼はメンデスに向かって、さっきと同じ指示を繰り返した。彼らがすぐ近くまで来るのを待ち、これなら的を外さないと確信したところで、まず男たちを撃つ。次に馬たちを撃つ。しかし女には当たらないように気をつける。メンデスは時折肯きながら、それを聞いていた。しかし同時に私たちの様子もちらちらとうかがっていた。

そのあとラッセルはもう余計な口はきかなかった。彼とメンデスは茂みの中を這《は》って進み、涸れ谷を四十フィートほど下まで行って、そこで二手に分かれた。メンデスは右側にとどまり、ラッセルは左側に這っていった。そうすることで、涸れ谷を上がってくるものは誰によらず、二人のあいだを通らなくてはならないことになった。いざというときになって、もし一人が狙《ねら》いを外しても、もう一人がおそらくそれをカバーできる。

どちらも具合のよい遮蔽物《しゃへいぶつ》の背後に陣取った。その涸れ谷には、上から転がり落ちてきた手頃な大きさの岩がごろごろしていた。それらの岩は主に、彼らの陣取った場所の両脇《りょうわき》にあった。岩のないところには、低木がかなり密に茂っていた。その中間の、春になると水が流れる部分は、おおむね遮るものなく開けていた。

ラッセルはタイミングをかなり正確に推し量っていた。連中が我々の足跡を見つけて辿ってくるのにどれくらいの時間を要するかが、彼にはわかっていたからだ。彼はまた他の要素も計算に入れていた。追っ手の警戒心は、昨日の夜に比べて、あるいは今朝の夜明け後の一時間ほどに比べて、より薄れているはずだということだ。それより前にも待ち伏せに適した場所はいくつもあった。でも何ごともなくそこを通過してきた。今回もきっと大丈夫だろう。彼らはもちろんしっかり目を見開いているだろう。とくにこのような涸れ谷を登っていく際には。しかし彼らの目はおおむね頂上に向けられているはずだ。もし何らかの攻撃があるとしたら、それは頂上からなされるはずだから。

（こういうことをただ語るのは簡単だ。自分ならそこで何をどうするか、計画を練り想像するのも興味深いだろう――実際にその場に居合わせているのでなければ。私としてはたとえ何がもらえるにせよ、もう二度とあんな思いはしたくない。あそこにじっと座って、何かをただ待ち受けているなんて）。

我々は木立にずっと視線を注いでいた。木は松の一種だった。大きな松、たぶんポンデローサ松だろう。それは草原の向こう端の、涸れ谷のいちばん下のところにあった。彼らはたしかにそこに姿を見せはしたが、出し抜けにぬっと現れたわけではなかった。

気がついたとき、木立の端っこの影の中に、馬に乗った一人の男がいた。いったいどれくらい前からこの男はそこにいたのだろう、そして自分はどれくらい長くこの男を目にしていたのだろうと、首をひねらないわけにはいかなかった。とにかく男はしっかり目を見開いていた。

男はゆっくりとした歩調を維持しながら木立から出てきて、草原の中へと歩を進めた。しばらくしてもう一人の馬に乗った男が現れた。そのあともう一人が姿を見せたが、それがフェイヴァーの妻であることは一目でわかった（ドクタ・フェイヴァーがどんな表情を顔に浮かべていたか、私はそちらを見なかった。もしこの文章を書くとわかっていたら、しっかり見ているところだったのだが）。四人目は彼女のすぐ背後にいた。それは一味の首領格のフランク・ブレイデンであるはずだった。彼がおそらくは他の連中に向かって、何をしろと命令をする立場にあるのだろう。その一方で彼は人質であるミセス・フェイヴァーに付き添っていた。今となっては人質なのか何なのか、わかったものではないが。

彼らが涸れ谷の下まで来たとき、最初に馬から下りてやってきたのはメキシコ人だった。彼は我々の歩いた跡を確認するように、頭を垂れてしばらく歩いていたが、やがてまた馬に乗った。そしてアーリーと二人でやってきた。メキシコ人がまだ少しだけ先に立っていた。彼らは涸れ谷の両側に注意を配り続けていた。今ではひどく用心深くなっていた。我々がこの道を辿ったことが彼らにはわかっていたし、足跡がまだ新しいものであることも見て取っていたのだと思う。アーリーの方はメキシコ人ほど用心はしていなかった。

メキシコ人はラッセルが単独で、あるいは我々に先行してここを通ったと見抜いているらしかった。そういう気配があった。それともラッセルは足跡をまったく残していなくて、メキシコ人は我々四人だけがここを登ったと考えたかもしれない。それを確かめることは今となってはかなわないわけだが、でも彼にはちゃんとわかっていたのだと私は思う。メキシコ人はずいぶん自信たっぷりに、まず涸れ谷の真ん中あたりまでそのまま馬を進めた。いかにも寛《くつろ》いだ様子だったが、その視線は怠りなくあたりに配られていた。

ブレイデンはフェイヴァーの妻と共に、メキシコ人とアーリーから十馬身ばかり距離を置いたところにいた。そのような配置で彼らはやってきた。そして涸れ谷に足を踏み入れた。

まるでお芝居を観《み》ているみたいだった。いや、芝居なんかよりも遥《はる》かに生々しかった（まったく、それ以上は生々しくなりようがないほど！）。あと一、二分のうちに誰かが死ぬのを目にすることになると予期しつつその光景を見ているのは、ずいぶん不思議な気持ちのするものだった。

ラッセルは微動だにしなかった。我々の目に見えるのは彼の一部だけだった。ラッセルはまるで眠っているみたいに、体をべったり伸ばしていた。帽子を脱ぎ、頭を伏せていた。彼らが涸れ谷を登ってくる様子を目で見るのではなく、耳で聞き取ろうとしているかのように。

メンデスはラッセルのいるあたりにちらちらと目をやっていた。しかし同じ高さのところにいたから、その姿は見えなかったはずだ。それから彼は我々のいる方を見た。

こんなことに手を貸したくないと彼が思っているのは明らかだった。どうして自分がそちらにいてはならないのだ？　あるいはどうしてここに残っている我々がそちらに降りていって、彼を助けないのだろう、おそらくそのように考えていたはずだ。メンデスは落ち着きを失っていた。そのことで彼を責めるのは酷だろう。しかしそれでもなお、そういう混乱状態の彼の姿を目にするのはなんだか変なものだった（この二日のあいだに私は、いつも何も表に出さず何も語らないヘンリー・メンデスにも別の側面があったことを学んだ）。

アーリーとメキシコ人は、涸れ谷を登りながら、そのてっぺんを注意深く見上げるようになった。そしてそこに何かが見えないかうかがっていた。とくにメキシコ人が用心深かった。彼は涸れ谷のメンデスのいる側に近づいていた。そしてアーリーより五馬身ばかり先を進んでいた。半分ほど登ったあたりでメキシコ人は右手に拳銃を持ち、すぐに撃てる体勢を取った。

メンデスが、あたりを見回すことをやめて、隠れている岩にぎゅっと身体を押しつけるのが見えた。彼はメキシコ人を盗み見るためにじりじりと頭を上げ、またすぐに頭を下げた。彼の考えていることは手に取るようにわかった。彼がこれまでにこれに類する経験をしてこなかったことも察せられた。

上から見ているのと、ラッセルが生きているのかどうかもわからなかった。そこに身を伏せてカービンの照準をあわせ、ただじっと待ち受けていた。その姿勢をそのまま一日中でもとっていられそうだった。アーリーが馬に乗って彼の目の前に現れるまで。

そのときマクラレン嬢とドクタ・フェイヴァーが何をしていたのか、私は覚えていない。二人がそこにいることは気配でわかった。なんといっても、私がいちばん見守りたいのはラッセルの姿だった。彼を見ていれば、こういう場合どうすればいいのかがわかる。しかしメンデスはメキシコ人が近づいてくるのを目にして、身体をもじもじさせてはまた、岩にぎゅっと体を押しつけていた。どうなることかと、そちらからも目を離せなかった。彼が今にも岩陰から飛び出し、走って逃げるのではないかとひやひやしながら、私は息をこらしていた。

今ではメキシコ人は彼から百フィートほどのところまで近づいていた。肩の力を抜き、リラックスしていた。コルト拳銃は胸のあたりに上げられ、まっすぐ上方に向けられていた。馬とその乗り手の動きにあわせて、太陽の光は少しばかり煌《きら》めいたり動いたりした。

それが、自分の方にやってくるものとして、メンデスが目にしたものだった。男が握った拳銃は、彼の手の一部のように見えた。そしてもう一丁の拳銃はホルスターに収まっている。男はしっかり準備を整えている。しかしそれでも彼は十分寛いでいる。馬上で窮屈に反り返ってもいないし、肩を縮こまらせてもいない。もし私がメンデスの立場であったら、たぶん彼と同じことをしていたと思う。それは突然立ち上がって、ショットガンの弾丸を二発、大慌《おおあわ》てで同時にぶっ放すことだった。

距離は百フィートほどだったから、ちゃんと撃てば散弾のいくらかはメキシコ人をとらえることができたはずだ。しかしメンデスは急《せ》いたあまり、狙いをまったく定めなかった。メキシコ人はさっと身を立てて、拳銃を三発撃った。人がコルト・リヴォルヴァーの撃鉄をこれほど素速く持ち上げ、発射するのを目にしたのはそれが初めてだった。その三発はどれも、メンデスがあわてて身を伏せて隠れた岩にひゅんという音を立てて当たった。それからメキシコ人が馬上で身体を捻《ひね》るのが見えた。まるで何かにぐっと押されたみたいに。そして彼は自分の右脇腹のベルトの上あたりをつかんだ。

ラッセルが撃ったのだ。

鞍《くら》から転げ落ちて、遮蔽物に身を隠すメキシコ人にラッセルは再び発砲した。彼が更にもう一度発砲すると、メキシコ人の馬がぐいと首をもたげ、頭を揺すり、前脚を折るようにしゃがみ込んで倒れた。

アーリーは既に馬を下り、物陰に身を隠していた。そして手を伸ばして、馬の手綱をつかもうとした。馬は身を翻《ひるがえ》し、涸れ谷を駆け下りようとしていた。アーリーは手綱をつかみ損ねたが、ラッセルは外さなかった。彼は素速く更に二発を撃った。そのどちらもが馬の身体を貫く音が、こちらまではっきり聞こえた。馬は倒れ、ごろんと横に身をひねり、しかしまた起き上がり、ブレイデンとフェイヴァーの妻のあとを追ってそのまま走り去った。ブレイデンは彼女の馬の手綱を、轡《くつわ》の輪っか近くでつかみ、その馬を連れて涸れ谷を後戻りしていった。谷のいちばん下まで行って岩の露頭を迂《う》回《かい》し、丈の低い小さな木立の中に入った。彼らの姿が見えなくなったあとでも、木立の中の馬の嗚き声はこちらまで聞こえた。それからすべてがしんと静まりかえった。

静寂はずいぶん長く続いた。メンデスはラッセルのいるあたりに、ずっと目をやっていた。自分が何をすればいいのか見当もつかず、おそらくは彼から何かの指示があることを期待していたのだろう。

ラッセルは動かなかった。彼が多くをアパッチから学んだことが見て取れた。白人にはまず真似《まね》できない種類の辛抱強さだ。彼はアーリーが逃げ込んだ茂みのあたりに銃の照準を合わせたまま（と私は思う）そこに身を横たえ、相手が動きを見せるのを待ち受けていた。そのにらみ合いが続いているあいだ、なんとおおよそ二時間にわたって彼はその姿勢をずっと維持していた。

そのあいだ大したことは起こらなかった。メキシコ人はメンデスかラッセルに向かって、スペイン語で呼びかけていた。何を言っているのかはわからないが、それは問いかけだった。そして声の調子からして、その問いかけは滑稽《こっけい》な種類のものらしかった。正確に言えば滑稽というよりは、嘲《あざけ》りか、あるいは身を潜めている場所からメンデスを誘い出そうとするものだ。その涸れ谷の中からそんなものが聞こえてくるなんて、とても想像できないような類《たぐ》いの言葉だ。悪党とはいえ大したものだ。彼が被弾していることに間違いはなかった。にもかかわらずその男はラッセルとメンデスに大声で呼びかけ、二人を見えるところに誘い出そうと執拗《しつよう》に試みていた。

一度だけアーリーの素速い動きがちらりと見えたが、見えたと思ったらまたすぐに隠れてしまった。涸れ谷の少し下に散らばった岩の陰にその姿は消えた。ラッセルはおそらくメキシコ人に狙いを定めていたのだろう。そちらには発砲しなかった。メキシコ人がそこから這い出す姿は我々の目にはまったく映らなかった。アーリーを見かけたのもその一度きりだった。

しかし二人ともじりじりと下に降りていた。彼らは涸れ谷のいちばん下の、開けた場所に一瞬だけ立った。メキシコ人は脇腹を手で押さえながら、我々に向かって手を振った。そして彼らは木立の中に消えた。

そのあと数分間だけ、我々は休息をとることができた。彼らがどこにいるだろうかとか、いつやってくるだろうとか、そんな心配をすることもなく。一方、彼らの方は知恵を絞らなくてはならない。おそらく暗くなってから再び涸れ谷を登ってくるのだろう。しかし断言はできない。また我々にしても、ずっとここに腰を据えているわけにはいかない。彼らの一人が迂回して背後にまわるかもしれない。時間はかかるだろうが、もしそうなったら我々は身動きがとれなくなってしまう。

だから我々は出発しなくてはならない。ラッセルとメンデスが坂を登って戻ってきたとき、私は水筒を開けた。今朝飲んだあと、誰もまったく水を口にしていなかった。しかしラッセルは首を振った。「今夜だ」と彼は言った。「太陽が出ているあいだは駄目だ」。彼はたぶんこう言いたかったのだろう。太陽が照っているときに水を飲んでも、そのまま汗になって蒸発してしまい、すぐにまたのどが渇くだけだと。

彼が口にした言葉はそれだけだ。メンデスが急いで発砲しすぎて、待ち伏せをふいにしてしまったことには、一言の言及もなかった。それはもう終わったことなのだ。ラッセルは既に起こってしまったこと、取り返しのつかないことをいつまでも蒸し返すような人間ではない。彼は何も言わず自分の毛布ロールを手に取った。それが出発の合図だった。

おそらく我々は連中に、ものごとはそれほど簡単にはいかないということを示したのだろう。ラッセルが意図したように。しかし違う角度から見てみよう。我々は涸れ谷で決着をつけることもできたのだが、それはできなかったし、この先もあるいはできないかもしれない。その待ち伏せで我々が得た収穫といえば、連中の持ち馬の数を一頭（あるいは二頭）減らせたということくらいだ。

そして追っ手はすぐ背後に迫っている。我々が今どこにいるかもわかってしまった。そして彼らはこの次は怠りなく銃を構えてやってきて、目についたものを片端から撃ちまくるだろう。疑いの余地なく。

FOUR

そこに座っていたのはほんの数分だった。それが我々のとれた精一杯の休憩だった。そして逃避行がまた始まった——ただし予想もつかなかったようなかたちで。我々はまだそのときには出発していなかった。まさに出発しようというときになって、マクラレン嬢が声を上げた。「あれを見て——」、そして涸《か》れ谷の下方を指さした。

我々はそちらに目をやったが、同時に身を伏せた。谷のいちばん底のところにまたメキシコ人の姿が見えたからだ。彼のかぶっている麦わら帽が太陽にきらりと光って、それがメキシコ人であり、他の誰でもないことがわかった。しかし彼が手に何を持っているのか、最初のうちはわからなかった。彼はゆっくり時間をかけ、顔を上に向け、片手で脇腹《わきばら》を押さえながら坂を上ってきたが、しばらくすると彼の手にしているのが、何か白いものを結びつけた棒であることが判明した。

彼は警戒はしているようだが、怯《おび》えてはいなかった。尾根から視線を逸《そ》らせることはなく（休戦の白旗をこちらが尊重するかどうか、今ひとつ確信が持てなかったのだろう）、もし攻撃されたらすぐに身を伏せられるような体勢をとっていた。そして二丁の拳銃《けんじゅう》で武装していた。

誰も口をきかなかった。我々はただじっと見守っていた。彼は前に進み続け、待ち伏せのときにメンデスがいた場所の近くまでやってきた。

ラッセルはカービン銃を片手に立ち上がった。銃口は下に向けられていた。メキシコ人は立ち止まった。

「降伏しにきたのか？」とラッセルは言った。

メキシコ人は肩の力を抜いてそこに立っていた。休戦の旗は地面に向けて下げられていた。ラッセルがそう言ったとき、相手は笑みを浮かべたようにも見えたが、定かではない。

でも首を振ったのは確かだ。メキシコ人は言った。「おまえの射撃がもう少しうまくなったらな」、彼は脇腹にあてていた手を上げた。そこには血が滲《にじ》んでいた。

「褒められた腕じゃないぜ」

「もっとうまくいくはずだったんだ」とラッセルは言った。「おまえが動いたせいだ」

「動いただと？」とメキシコ人は言った。「おまえさん、何を撃ちたいんだ？　木にしばりつけてあるものか？」

「馬に乗ったやつだよ」とラッセルは言った。「あんたの友だちみたいな」

メキシコ人はにやりと笑った。「おまえさん、引き金を引くのが好きなんだな」

「もう一度引いてやってもいいぜ」とラッセルは言った。

「いいかもな」とメキシコ人は同意した。そしてラッセルをまっすぐ見上げ、様子をうかがい、自分たちのあいだの距離を測った。「その前にもう一人の男に話がある。ファブォールという男だ」

彼はフェイヴァーではなく、ファブォールとスペイン語風に発音した。

「あんたの声は、彼の耳にも届いている」とラッセルは言った。

「もし聞こえない場合には、おまえから伝えてくれ」とメキシコ人は言った。「こうだ。もし彼がおれたちに金を渡し……それから水をいくらかくれるなら、おれたちは彼に奥さんを返し、みんな家に帰れる。それでどうかと、彼に訊《き》いてみてくれ」

「水が尽きたのか？」

「おおかた」とメキシコ人は言ってにやりと笑った。「あのアーリーという男な、あいつは水筒にウィスキーを入れてきやがった。仕事は簡単に片付くと思ってな」

ラッセルは首を振った。「これからますます面倒になる」

「もしファブォールがおれたちに金を渡さなければ」

「彼はもう金を持ってはいない」とラッセルは言った。

メキシコ人はまた笑みを浮かべた。「どこかに隠したってか?」

ラッセルは首を振った。「おれにくれたのさ」

メキシコ人は肯《うなず》いて、まるで彼を賞賛するかのような顔でラッセルを見上げた。

「じゃあ今度はおまえがとったのか」、彼は肩をすくめた。「いいさ。じゃあおれたちはおまえと交渉をすることになる」

「あれはおれの女じゃない」とラッセルは言った。

「おまえに女はやるよ」

「他には?」

「おまえの命さ。それでどうだね?」

「行って、ブレイデンに現在の状況を教えてやれ」とラッセルは言った。

「金の持ち主が誰でも変わりはない」とメキシコ人は言った。「おれたちに金を渡すか、あるいはおれたちが女を撃つかだ」

「わかった」とラッセルは言った。「女は撃て」

メキシコ人はまじまじと彼の顔を見た。「他のみんなはどうなんだ？　彼らはなんて言うかな？」

「彼らはそれぞれの求めることを言う」とラッセルは言った。「おれはおれの求めることを言う。話は呑《の》み込めたか？」

彼には話が呑み込めなかった。何をどのように考えればいいのか、わからなくなっていた。だから彼はそこにじっと立っていた。片手を脇腹にあて、もう片方の手で休戦の旗を持って。

「ブレイデンに状況を説明してこい」とラッセルは言った。「そして彼に言え。もっと頭を働かせろと」

「やつもきっと同じことを言うぜ」

「とにかくそう伝えろ」

メキシコ人は二人で話しているあいだ、ラッセルの目を見たまま、一瞬たりとも視線を逸らさなかった。そうやって相手の力量を推し測っていた。「おれとおまえとで、差しで話をつけた方がいいかもしれん」と彼は言った。「ここまでちょっと降りてこないか？」

「おれはこう考えているところだ」とラッセルは言った。「今ここであんたを撃ち殺すか、それとも背中を向けるのを待つか、どちらがいいだろうと」

メキシコ人はそれを聞いてどうしただろうか？　彼はにやりと笑ったのだ。そんなことは信じないぜという趣旨の笑みではなく、そこにはむしろラッセルを評価しているような、あるいは彼という人間を愉《たの》しんでいるような様子が見受けられた。それは私がこれまで目にした中では、おそらくもっとも普通ではない出来事だった。彼は笑みを浮かべながら言った。「もしおれがそんなことは信じないと言ったら、きっとおまえは本当にそれを実行するだろうな。わかった。ブレイデンにそう伝えよう」

彼は向きを変え、休戦の旗をひきずりながら歩き去った。何かを予想して肩を硬く丸めたりはせず、来たときと同じようにどこまでも平然と。

メキシコ人が谷のいちばん下まで達するのをラッセルは待っていた。それから毛布ロールとサドルバッグを手に取り、我々をちらりと見回してから歩き出した。これから何をするつもりだというような説明はいっさいなし。もしついてきたければお好きに、というところだ。

それは予想外の展開だった。連中ともう一度話し合いがあるのだろうと、我々は考えていた。しかしラッセルが何を考えるかなんて、誰に予測できよう？　もちろんその涸れ谷に永遠に座り込んでいられないということくらいはわかっていた。遅かれ早かれブレイデンは攻撃を仕掛けてくるだろう。しかし今すぐここを出発するのが果たして最良の策なのか？　ラッセルはきっとそう考えたのだろう。その理由を我々にいちいち説明したりはしなかったが。

我々は彼のあとを追った。それ以外にどんな選択肢があっただろう？

なんだかおかしな話だが、私はラッセルに対するより、むしろドクタ・フェイヴァーに親しみを感じていた。ドクタ・フェイヴァーは政府の金を着服し、奥さんを運命の手に委《ゆだ》ねようとしていた。でもそれは考えてみて初めて実感できることであり、本人はどちらの行為も自分では認めていないのだ。

しかしラッセルはそうではない。彼はメキシコ人に向かって、そばで誰が聞いていようと気にもせず、はっきり言い切った。「わかった。女は撃て」と。まるで彼女は彼にとって何の意味も持たない、だから好きにすればいいというように。その違いがわかるだろうか？　ラッセルは冷静にして冷淡だった。それは私の背筋を凍らせた。そしてもし彼が彼女の命なぞ気にもかけないとしたら、我々の命だってまた、彼にとっては同じ程度の重さしか持たないはずだ。

今では事態はほとんど、ブレイデンとラッセルのあいだの私闘のような様相を呈していた。そして我々がそこに巻き込まれているのはただ単に、他に行き場所がないからだった。結局のところラッセルのせいで、我々はそんな面倒に引きずり込まれたようなものではないか。

その涸れ谷からおそらくは三マイルほど歩いたところで、我々は再び歩を停めた。しかし直線距離にすれば、一マイルも進んでいなかっただろう。というのは、我々はおおむね尾根に沿って進んだからだ。ピニョン松や低木林に身を隠すようにして、できるだけ高いところを歩んだ。そして我々が休憩をとったのは、峡谷がそこで終わり、それほど遠くない先に開けた土地が広がっていたからだった。そこから次の小高い丘陵に達するまで、二マイルか三マイルばかり開けた場所を歩いて横切らなくてはならない。

ラッセルはいちいち説明しなかったし、誰も質問しなかったけれど、暗くなるのを待ってその開けた場所を横切るつもりであることは明らかだった。白昼そこを横切っているところを、馬に乗った三人に目撃されたら万事休すだ（その時点では、ラッセルが射殺した彼らの馬が一頭なのか二頭なのか、まだわかっていなかった）。

我々が腰を下ろした場所に達するには、ずいぶん急な崖《がけ》を登らなくてはならなかった（アパッチが野営するのは、水があろうがなかろうが常に高い場所だ）。そこは三方をピニョン松に囲まれ、開いた側は斜面になっていた。その斜面には野バラと灌木《かんぼく》がいくらか生えていた。

ラッセルは彼らがあとを追ってくるのが、できるだけ難しくなるように工夫していた。もし足跡をまっすぐ追跡してきたら、彼らは開けた斜面を登ってこなくてはならない。もし別の道を来るとすれば、何時間も余分に回り道をすることになる。下手をすれば我々の足跡を見失ってしまうかもしれない。だからもしやってくるとすれば、彼らはまっすぐやってくるだろうと我々は踏んだ。しかしその場合、この遮るもののない斜面を登ってくるには、彼らは日が暮れるのを待たなくてはならない。そして我々もまた日が暮れるのを待っていた。木々の間を抜けて出発するために。

ラッセルが彼らのひとつ先手を取り続けようと考えていたことは想像に難《かた》くない。たぶん夜が明ける前に我々は、サン・ペテの廃坑に辿《たど》り着けるだろうと私は予測した。そして運が良ければ、翌日の午後か夕刻にはデルガドのところに。そうすれば家に戻れる。前だけを見ていれば、さして長い距離とは思えなかった。問題は、常に背後を振り返っていなくてはならないということにあった。

ろくに眠っていなかったので、再び横になれるのはありがたかった。みんなが自分の場所を見つけて、そこで身を休めた。火をおこすことはできなかったので、またビスケットを食べた。それは今ではかなり固くなっていた。そして乾燥肉の切れ端はずいぶん気の滅入《めい》る代物《しろもの》だった。

それでも水は飲まなかった。夜まで待たなくてはならないとラッセルは言った。時刻はまだ午後の半ばだった。なんといっても朝から一滴も水を口にしていないのだ。塩っぽい牛肉は喉《のど》の渇きを余計にひどいものにした。しかしだからといって、どうすることもできない。

私は自分が、氷水の入った大きなピッチャーを隣に置き、木陰のポーチに座っているところを思い浮かべた。ついさっき髭《ひげ》を剃《そ》り、風呂《ふろ》に浸《つ》かって、真新しいシャツに着替えたところだ。ああ、なんという心地よさだろう！

メンデスは十歳ほど老《ふ》け込んだように見えた。目は落ちくぼみ、顔は無精髭に被《おお》われていた。ドクタ・フェイヴァーの大きな広々とした顔は、半月形の髭にぐるりを囲まれ、汗じみて見えた。マクラレン嬢とラッセルだけは、それほどひどくは見えなかった。二人とも他のみんなほど汚れて、汗をかいてはいなかった。彼女の場合、髪はくしゃくしゃにもつれるには短すぎたし、顔はもともと浅黒かったし、様々な苦境をとくに支障なく受け止めているように見えた。ラッセルはもちろん埃《ほこり》にまみれていたが、顔を汚く見せるような髭はなかった。おそらく何年も前、髭が生えだした頃に、インディアン風に根元から抜いてしまい、おかげで今では髭が伸びないようになってしまったのだろう。

ラッセルはおおむね開けた側にいた。地面に寝そべり、しかし肘《ひじ》を立てて我々が登ってきた坂を見下ろしていた。彼は休息を取りながら、そこで考えを巡らせていたのだと思う。時間をかけてじっくり策を練っていたのだろう。心中で何を思い巡らせていたにせよ、しばらくしてからはっと立ち上がった。

彼はサドルバッグを私のところに持ってきて、それをどすんと下に落とした。これを見張っていろと口で言ったわけではない。しかしその顔を見れば言いたいことはわかった。彼が口にしたのは、少し様子を見てくる、という一言だけだ。そしてスペンサー銃だけを手にして、行ってしまった。水も何も持たずに。まっすぐ斜面を降りていったのではない。彼は木立を抜けていった。たぶん、高いところを辿りながら、涸れ谷からここに来るまでにわれわれが通った地面を偵察したのだと思う。

彼がいなくなって少ししてから、水袋や水筒や食料品の置かれたところに、ドクタ・フェイヴァーが行った。そして誰かが叫んで制止する前に、彼は水筒を手にとってごくごくと水を飲んだ。叫び声を上げたのはマクラレン嬢だった。

彼女は跳び上がった。ドクタ・フェイヴァーは水筒を彼女に差し出した。「君の番だ」と彼は言った。

「夜になるまでは水を飲んじゃいけない。それは知っているでしょう」

「忘れたね」とドクタ・フェイヴァーは言った。彼女がそれを信じようと信じまいと、それは彼にとってどうでもいいことだった。

メンデスはまだ座り込んでいたが、そこで言った。「みんな一口ずつ飲めばいいんじゃないか。公平を期するために」

「公平を期するですって！」とマクラレン嬢は言った。「もし水がまったくなくなったら、そのあといったいどうするつもりなの？　公平を期するなんて言ってるどころじゃなくなっちゃうのよ」

「私は今現在のことを考えている」とメンデスは言って、立ち上がった。「君は考えたいときのことを考えればいい」

「わかったわ」と彼女は言った。「でもラッセルはどうなるわけ？」

「いいかね」とメンデスは言った。彼の声には驚きが込められていた。「もし彼が夜まで待ちたいのなら、それはそれでいい。それは彼の問題だ。我々は飲みたいときに水を飲む」

「やつには知る必要もなかろう」とドクタ・フェイヴァーは言った。メンデスが自分の主張に好意的であることを見て取り、彼はもう一度くり返した。「もしラッセルのことを気にしているのなら、彼に黙っていればいいだけじゃないか？」

「そういうのが公正なことだとあなたは思うわけ？」とマクラレン嬢は言った。

「それは彼が決めたルールだ」とドクタ・フェイヴァーは言った。「不公正だとしても自業自得《じごうじとく》ってものだ」

「いいか」とメンデスが話をもっと単純にした。「もし君が待ちたいのなら、待てばいい。もし今、水が飲みたいのなら、飲めばいい」

そう言うと彼はドクタ・フェイヴァーの手から水筒を奪い取り、ごくごくと水を飲んだ。ドクタ・フェイヴァーと同じくらい、いやそれ以上に。ドクタ・フェイヴァーは手を伸ばして、水筒をメンデスの口からもぎ取った。

「あんたは公平を期するためにと言ったぞ」

それから彼は水筒をマクラレン嬢に渡した。

彼女はそれを手に取った。目はまっすぐドクタ・フェイヴァーに向けられていたが、彼女は少しだけ迷ってから、水筒に口をつけた。意外に思われるかもしれないが、おそらくはこういうことだろう。こちらがラッセルのルールに従って何もしないでいるあいだに、彼らは水を飲み干してしまうかもしれない。もし彼らがどうしても水を飲むのなら、こちらだけ飲まないで我慢するのは馬鹿《ばか》げている。だから彼女のあと、私も水を飲んだ。彼女もきっとそのように考えたはずだ。

ドクタ・フェイヴァーはまだ彼女のことをじっと見ていた。これまで以上に自分に自信が持てたようだった。彼は言った、「あいつが戻ってきたときに、このことを報告したいのなら、かまわん、すればいい」、彼はそう言いながら微笑《ほほえ》んでさえいた。

彼女に何が言えるだろう？　もちろんその人となりからして、彼女にも何かは言い返せたはずだ。しかし彼女は無言のままだった。

誰もがそこで再び静かになった。しばらくのあいだそこには平和があった。それからドクタ・フェイヴァーが私のところにやってきた。

彼はすぐに言った。「我々はたいしたインディアンの酋長《しゅうちょう》を頭《かしら》にいただいているものだ」と。彼はもちろんラッセルのことを言っているのだ。

「それでも」と私は言った。「彼は自分が何をしているかを心得ています」

「彼は自分の欲しいものを心得ている。そいつは確かだ」

もしラッセルの欲しいものが金だと彼が考えているのなら、そう考えるのは彼の勝手だ。しかし証明できないものごとについて語り合うことに意味はない。私はただこう言った。「彼は我々にとっては最良の酋長かもしれません」と。冗談めかして。

「ただし、我々は彼の戦士ではない」とドクタ・フェイヴァーは言った。彼の声は真剣だった。彼は顔を私の顔に近づけ、まっすぐ私の目を見ていた。

「もし誰かが別の考えをもっているなら、聞かせていただきたい」と私は言った。

「私は持っている」と彼は言った。「我々は今すぐここを出発するべきだ」

彼はそのようにして人を壁際《かべぎわ》に追い詰めていく。こちらは身をよじるようにして、そこから抜け出そうと試みなくてはならない。

「さあ、それはどうでしょうね」と私は言った。

「その前に私の拳銃を返してもらおう」

彼は出し抜けにそう切り出した。いったいどう切り返せばいいのか、私はまったく言葉を失ってしまった。でもようやく、「いや、それはちょっとできかねます」みたいなことを口にした。

「彼にそう命令されたからか？」

「いいえ、彼にそう言われたからというだけじゃありません」

「他のみんなの手前か？」

「我々はみんな一体です」

「しかし彼のルールに、我々はもう従ってはいない」

「水のことについてだけです」

「それよりもっと大事なことがあるかね？」

「銃を持っているのは私ですが」と私は言った。「奪い取ったのは彼です」

「そんなことは理屈になっていない」とドクタ・フェイヴァーは言った。「要するに君は、自分のものではないものを護《まも》っているのだぞ」

その男に面と向かって、だってあなたは泥棒じゃないか、と口にすることはできなかった。だから私は、いったい何をどう言えばいいのか、懸命に智恵《ちえ》を絞らなくてはならなかった。たとえベルトに拳銃を挟んでいてもというか、それを持っていればこそ、私は混乱して言葉を失ってしまった。彼は私の顔をまっすぐ見つめ続けていた。

「力尽くで取り上げた方がいいのかもしれないな」と彼は言った。

何を言えばいいのか、どうすればいいのか、私が戸惑っていると、マクラレン嬢が割り込んできた。彼女は私を見ながら言った。「あなたはこの人に好きなことをさせておくつもり？」

彼女は地面に腰を下ろしたまま、半身を起こした。彼女は我々から十フィートか十二フィートばかり離れたところにいた。「その人が何を求めているか、わかるでしょう」と彼女は言った。

「自分のものを求めているのだ」とドクタ・フェイヴァーは言った。「それ以外のものを私が求めているというのなら、君は頭がどうかしているぞ」

「確かなことがひとつあるわ」と彼女は言った。「もし銃を持っているのが私であれば、あなたには決して渡さないし、もし力尽くで取り上げようとしたら、私はあなたを撃つだろうということよ」

「まだ小娘のくせして、ずいぶんずけずけとものを言うな」とドクタ・フェイヴァーは言った。

「自分が正しいとわかっているときにはね」とマクラレン嬢は言った。

ドクタ・フェイヴァーは立ち上がった。彼は葉巻に火をつけ、しばらくそこに立っていた。斜面を見下ろしながら、葉巻を吹かせていた。時間がじりじりと過ぎていった。私は片腕をサドルバッグの上に置いて横になり、腕の上に頭を載せていた。それほどくたびれたことはなかった。だから目を閉じてそのまま眠り込んでしまうのは、とても簡単なことだった。私は眠るまいと少しのあいだ努めていた。うとうとまどろんでは、目を開けた。一度目を開けたとき、ドクタ・フェイヴァーがメンデスの隣に座っているのが見えた。メンデスも葉巻を吸っていた。

ドクタ・フェイヴァーがこう言うのが聞こえた。「君は良い仕事をした。あそこにじっと伏せて、あいつらの来るのを待っているなんて、並みの神経を持った人間にできることではない」

「彼は私にあんなことをさせるべきではなかったんだ」とメンデスは言った。

「君はそんなことをしなくてもよかったんだよ」

「いいですか、彼の言うことは筋が通っている」とメンデスは言った。「あなたが彼に同意するかどうかはともかくとして」

「それで君がもし死んだとしても、彼の言うことは筋が通っているってわけか？」とドクタ・フェイヴァーは言った。「それが君の言いたいことか？」

「私はこれまで人を撃ったことがなかった。それだけのことだ」とメンデスは言った。

「それは簡単なことじゃない」

「彼には簡単そうに見える」とドクタ・フェイヴァーは言った。「一人の人間を殺すことができれば、四人だって殺せる」

「何のために？」

「私の金のためだ」とドクタ・フェイヴァーは言った。

メンデスは首を振った。「彼はそんなことをするやつじゃない」

「いったん金が絡《から》んでくれば、誰も信用なんてできないぞ」とドクタ・フェイヴァーは言った。

それから十五分のうちに、ドクタ・フェイヴァーはそのことを証明した。私はその話を耳にして、警戒しておくべきだったのだ。しかし私は、彼が実力行使に及ぶだろうとはまったく考えもしなかった。しかし目が覚めたときには（私は文字通りはっと目を覚ました。いつの間にかうとうと眠り込んでしまっていたからだ）、もう手遅れだった。ドクタ・フェイヴァーは私の上に覆《おお》い被《かぶ》さるように立ち、メンデスのショットガンを私の頭に突きつけていた。

メンデスは脚を組んでそこに座っていた。肩は力なく丸められていた。何が起ころうと我関せずと言わんばかりに。ドクタ・フェイヴァーに銃をとられたときにもきっと、メンデスはそれを防ぐために眉《まゆ》一つ動かそうともしなかったのだろう。マクラレン嬢もそれを見ていた。彼女は横向けに寝転んでいたが、肘をついて身を起こした。ドクタ・フェイヴァーは私からまずリヴォルヴァーを取り上げ、それからサドルバッグを取り上げた。そして水袋のところに行って、二クォートの水筒をその水でいっぱいにした。水袋にはもうほとんど水は残っていなかった。

マクラレン嬢はそこでようやく口を開いた。「私たちにせめて祝福の言葉くらいは残していってちょうだいね。それ以外には何も残してはいかないだろうから」

ドクタ・フェイヴァーにはもう、誰かと言い争う必要もなかった。彼は一言も口をきかなかった。そしてキャンバスの食料品袋を開け、中にある肉とビスケットを見た。それらをいくらか取り出そうとするように。しかし思い直して袋の口を閉じ、袋ごとサドルバッグと共に肩に担《かつ》いだ。

彼はそうやってそこに立っていた。出発の準備をすっかり整えて。まさにそのとき、ラッセルがピニョン松のあいだからぬっと現れた。

二人は二十フィートほどの距離をあけて、正面から向かい合っていた。ラッセルはスペンサー銃を脚につけるようにして持っていた。銃口は地面に向けられていた。フェイヴァーも同じようなかっこうでショットガンを持っていた。

「すべて持ったか？」とラッセルは言った。

「私のものはな」とフェイヴァーが答えた。

「そいつを置いた方がいい」とラッセルは言った。どうやらショットガンのことを言っているようだった。

ドクタ・フェイヴァーがその銃を持っていることについて、メンデスはきっと決まりが悪くなったのだろう。彼は言った、「銃をとられたんだ。目を閉じているあいだに、彼が持っていった」

ドクタ・フェイヴァーはゆっくり首を振った。「私はどうやら全員を敵に回しているようだ。まるで私が一人だけで逃げ出そうとしていたような口ぶりだ」

「じゃあ、あなたはきっと私たちをからかっていたのね」とマクラレン嬢は言った。彼女の言葉は、彼の身体《からだ》を刺し貫きそうなほど鋭く乾いていた。

「好きなように思えばいい」とドクタ・フェイヴァーは言った。「私は助けを呼びに行こうとしていたのだ。五人で移動するよりは一人で移動した方が身軽だ。水と食料があればここから楽に抜け出せるし、救援に戻ってくるのに一日とかからない」

「そしてあなたは自らをその役に選んだ」とマクラレン嬢は言った。

「その前に私はなんとか君たちを説得しようと試みた」とドクタ・フェイヴァーは言った。「そしてこれ以上言葉を無駄に費やすよりは、考えを実行に移そうと心を決めたのだ」

ラッセルの目はドクタ・フェイヴァーから一瞬も離れなかった。「それを下に置くか、あるいは使うかだ」と彼は言った。「あんたには道がふたつある」。フェイヴァーがどちらを選ぼうと、自分はべつにかまわないのだが、とその声は告げていた。どちらにしても、彼にとって手間は同じ程度のものなのだと。

「すべてを力尽くで片付けてしまう人間を相手に、理を説くのは不可能だ」とドクタ・フェイヴァーは言った。彼は肩をすくめ、引き金に指の爪《つめ》をかけたまま、少し迷っていた。ラッセルが油断する一瞬をうかがっていたのだろう。うまくいけばラッセルより速く撃てると、彼はおそらく踏んでいた。でももし撃てなかったら、自分がやられてしまう。相打ちになったとしても、やはり命を落とすかもしれない。

たぶん彼はそんな考えを巡らせていたのだと思う。そして彼は一か八かの賭《かけ》に出ることを好まなかった。今ここでいったん引き下がれば、あとでまた好機も生じるだろう。救援を呼びに行くなどという話を、誰一人真に受けていないことは、彼にもわかっていたと思う。でも我々がどう思おうが、そんなことは意にも介さなかった。彼が頭の中で何を考えていたかはわからないが、とにかくその考えは、今のところは降参した方がいいと彼に告げていた。彼はショットガンとリヴォルヴァーを下に落とした。それから食料品袋とサドルバッグを肩から下ろした。

そう、我々が何を考えようと、彼はまるで気にもしていなかった。くるりと背中をこちらに向けて、ぶらぶらと野バラの咲いた崖のところまで歩いて行って、斜面の下に目をやった。おまえらが私に何もできないことはよくわかっているぞ、と言わんばかりに。だからおまえらが何を思おうと、私の知ったことではないのだ。

でもそれは彼の考え違いだった。ジョン・ラッセルは頭で何かを考えてそれでおしまいにするという人間ではなかったからだ。

そこに立っているドクタ・フェイヴァーに向かってラッセルが言った。「そのまま進み続けろ」

一分ほどのあいだ、我々に見えるのは彼の背中だけだった。ドクタ・フェイヴァーはその続きを待っているようだった。「――また同じようなことをしたら」とか「――これ以上面倒を起こすようなら」とか、その手の言葉を。

しかし続きの言葉はなかった。言いたいことは全部言ったのだ。

それに気づいたとき、ドクタ・フェイヴァーはこちらを振り向き、ラッセルを見た。彼の顔はいつもの冷静な傲慢《ごうまん》さを少しばかり失っていた。すっかりというのではなく、いくらか。その時点では彼はまだ、ラッセルははったりをかけているのだろうと半ば思っていたかもしれない。

あるいは彼は、そのいっときをうまくやり過ごせば、話はそこで終わるだろうと考えたかもしれない。

彼は言った。「私が一人では生き残れないという方に、君は私の金を賭けているらしいな」

「生き残れるかもしれない」とラッセルは言った。「運が良ければ」

「もし駄目だったら、それは殺人と同じだぞ」

「あんたがサン・カルロスで人々を殺したのと同じように」

「ほう、また新しい話が出てきたな」とドクタ・フェイヴァーは言った。「最初は自分の金を横領した金だと言われ、次は殺人ときたか」

「十分な食べ物がなければ」とラッセルは言った。「人々は病に倒れ、死んでいく。おれはホワイトリヴァーでそれを実際に目にしたし、いろんな話も耳にした。より多くの牛肉を買う金がありながら、管理官が始終それを着服しているという話もな」

「始終」とドクタ・フェイヴァーは言った。「始終何をしてたって言うんだ。証明してみろ」

「ディーンという男が既にじゅうぶん説明した」

ドクタ・フェイヴァーは微笑んだように見えた。「しかしその証人は、君が射殺してしまった」

「おれがそんなものを必要とすると思うのか？」とラッセルが言った。

我々は法廷にいたわけではない。我々がいたのは、高地砂漠地帯に五十マイルばかり入り込んだところだ。そしてジョン・ラッセルは56-56の弾丸を詰めたスペンサー銃を手にそこに立っていた。それをほんの少し持ち上げればいいだけのことだ。そうすればドクタ・フェイヴァーは永遠に消えてしまう。

疑問を挟む余地はない。ドクタ・フェイヴァーにもそれはわかっていた。

彼の胸中をどのような思いが去来していたのか、それは私にも想像しかねる。というのはドクタ・アレグザンダー・フェイヴァーがいかなる人物なのか、私はほとんど知らずに終わったからだ。

一目見てわかるのは、彼が重量級の人間だということだ。体格においても、自らを恃《たの》む心においても。彼は自分のやりたいことをやり、よそからの圧力には容易に屈しなかった。オハイオのどこかからやってきて、サン・カルロスでインディアン管理官を二年ばかり務めた。「ドクタ」といっても、医学を修めたわけではない。聞いた話によれば、彼は「信仰改革派教会」の神学博士であるということだ。しかし私は彼が説教をするのを聞いたことはない。だから彼が信仰を実践しなかったからといって、非難することはできない。

明らかに彼は金を儲《もう》けるために、それだけを目的として聖職に就いたのだ。それなら簡単だと思って。それと同じ理由で彼は政府の職に応募し、インディアン管理官に就任し、サン・カルロスに派遣された。あるいは神学博士号を勝手にでっちあげ、内務省にいる知り合いに手を回し、うまく任命にこぎ着けたということだってあり得る。彼がどこかで本気に説教師をつとめていたとは、私はあまり考えたくない。

彼はサン・カルロスに着くと間もなく、政府の資金を手元に貯《た》め込み始めたにちがいない。それがサドルバッグに入っていた金になったのだろう。おおよそ一万二千ドルばかり。その中には補給業者から受け取った裏金も入っていただろう。政府の仕事を受注するために、彼らは袖《そで》の下を使っていたから。だからこれだけは間違いなく言える。彼は不正直な人間だった。どのような背後がそこにあろうと、要するに盗人《ぬすっと》なのだ。

もうひとつ確かなのは、彼は自分の妻よりは自分の金の方を大切に考える人間だったということだ。でもそれはおそらく昨日今日に始まったことではあるまい。要するに彼にとっての妻とは、そのへんの女のうちの一人に過ぎなかったのだろう。ただそばに置いておくための女。世間一般の男たちが自分の妻に対して抱く気持ちのようなものを、つまり共に連れ添う相手への親愛の情のようなものを、彼は持ち合わせてはいなかった。

あるいは彼は妻に好意を抱いていたかもしれない。しかし彼女の方は夫のことなど気にかけてはいなかったし、夫にそれを知られてもかまわないと思っていた。二人はそういう関係だったと思う。駅馬車の中でも彼女は夫に対して寸分も関心を示さなかったし、彼の面前でフランク・ブレイデンを相手にふざけていた。そこに至ってドクタ・フェイヴァーは、もうこの女にはうんざりだと心を決めたのだろう。彼女を置き去りにすることは、おあつらえ向きの仕返しのようなものだ。彼が妻のことなどまったく気にしていないということは、火を見るよりも明らかだった。あるいは金のことだってもう考えていなかったかもしれない。今、彼の頭の中にあるのは自分の命のことだけだった。ラッセルは命の他には、彼に何ひとつ持たせなかったわけだから。

僅《わず》かな沈黙のいっときがあった。そこで彼は懸命に智恵を絞り上げていたに違いない。ラッセルに向けて口にするべき捨て台詞《ぜりふ》を考えて。彼を脅したり、自分の分際をわきまえさせたりできるような一言を求めて。でもそんなことをしたって無益だと悟ったのだろう。何を言ったところで、言葉を無駄に費やすだけだ。

かわりに彼はメンデスの方を見た。それからマクラレン嬢を見て言った、「まあせいぜいうまくやるんだな。そいつのいいなりになっているがいい」、それから彼は振り向いて先へと向かった。「そして忘れないように。夜が来るまで水を飲むのは控えるってことを」

我々は彼が野バラの茂みを越えて姿を消すのを見ていた。ラッセルは崖の縁まで行った。しかしマクラレン嬢もメンデスも私も動かなかった。少なくともすぐには。たぶん我々は恐れていたのだろう。ドクタ・フェイヴァーが振り返って、自分を見守っている我々を見て笑うか、あるいは水について更に何かを口にすることを。

私がようやくそちらに歩いて行って、崖下《がいか》を見下ろしたとき、彼は既にいちばん険しい部分を越してはいたが、それでもまだ進むのに苦労していた。足を滑らせ、ずっと砂埃を立てていた。彼がいちばん底の部分に着いて、そこにしばらく立って峡谷を見上げ、前に開けている平坦《へいたん》な土地に目を向けるのを、我々は見ていた。彼は峡谷を横切り、向こう側にある小さな乾いた河床を上っていった(彼も何がしかラッセルから学んでいたわけだ)。そして一分後には、茂みと切り立った川岸の中に消えていた。

口をきくものはいなかった。

もしラッセルがいなければ、おとなしくそこに座って日没を待っているなんて、我々にはとてもできなかっただろう。連中が我々の背後に忍び寄ってくる様子が、つい頭に浮かんでしまったからだ。近くのどこかに連中がいるのはわかっていたし、彼らは刻一刻こちらに近づいているのだ。ラッセルは座って斜面を見張っていた。それからしばらく木立の中に引っ込んだ。何も言わず、ただ少し煙草《たばこ》を吸った。二度ばかりそういうことがあった。しかしほとんどの時間、彼は見張りについていた。見張りをし、私が思うに、聞き耳を立てていた。しかし彼らの気配はなかった。

木立の中が暗くなってくると、我々はまた食事をし、ラッセルは水筒をマクラレン嬢に渡した。

「やっとだ。そうだな?」と彼は言った。

彼女は彼の顔を見なかった。彼女は水を飲み、水筒を私に回した。メンデスが次だった。それからラッセルが飲んだ。マクラレン嬢は彼が水を飲むのを見ていた。水を口の中にしっかり含ませておいてから、飲み込むのだ。そして私は考え続けていた。彼女はきっとラッセルに打ち明けるだろうと。

ラッセルは水筒を下ろした。

さあ、と私は思った。そして彼女が口を開くのを待った。

ラッセルはコルクを堅く押し込んだ。彼女はそれを見ていた。そこでまさに彼女は打ち明けようとしたのだろう。発するべき言葉は、口の中でもう既に形づくられていたはずだ。でもその言葉は結局出てこなかった。

かわりに彼女はこう言った。「あの人にいくらか水を持たせてあげるべきだったのじゃないかしら」、それはドクタ・フェイヴァーのことだ。

ラッセルは彼女の顔を見た。

「少しくらいということだけど」とマクラレン嬢は言った。

そのとき私はあることを思いついた。まったく突然に。「そういえば、サン・ペテに水袋をひとつ置いてきたんだ！　そのことは覚えている？」

マクラレン嬢が私の顔を見た。「彼はそのことを思い出せるかしら？」

「それはわからない」と私は言った。「ぼくもたった今思い出したところだから。ブレイデンもそのことを覚えているかもしれない」

我々はやってきた坂を下ってはいかなかった。ラッセルのあとを追うように、木立のあいだを抜けていった。質問をするものもいなかった。

低木がぎっしり密生した雨裂《うれつ》を降りていったことを覚えている。その底近くでラッセルが我々を止めた。そこから開けた土地が広がっており、まだ安全にそこを横切れるほど暗くなってはいなかった。

その待っている時間の長さといったら……。時間は我々をますます惨《みじ》めな気分にさせた。何故《なぜ》なら我々は待機しているあいだに、ついいろんなことを想像してしまったからだ。ラッセルがじっと静けさを保っていたから、我々も静かにしていた。それほどまで我慢強い人間をいまだに目にしたことはない。彼はあぐらをかいて座り、棒のようなものを使って暇を潰《つぶ》していた。砂の上に円とか、いろんな図形を描き、それをきれいに消して、また最初から同じことを始めた。この男の頭の中にはいったい何があるのだろう？　彼を見るたびに、私は首をひねらないわけにはいかなかった。

その雨裂からは、空と、目の前にある斜面の頂の瘤《こぶ》しか見えなかった。私はこんなことを考え続けていた。もし今スウィートメアリにいたら、夕食ももう終えて、本を読むか、誰かを訪ねるかしているだろう。メイン・ストリートを眺め、酒場の窓の奥に輝いているランタンを見る。街から少し離れたところにあるアドビ造りの建物からこぼれる明かりを眺める。

我々のまわりにはいくつかの音が聞こえた。夜の音だ。それは良き徴《しるし》だと私は思った。近辺に動くものはないということなのだ。マクラレン嬢のロザリオのビーズが触れあうかちかちという音が聞こえた。最初の夜に駅馬車の中で聞いたきり、耳にしていなかった音だった。おかしな話だがそのとき自分が、彼女と親しくなるためになんとか会話を交わそうと努めていたことなど、すっかり忘れてしまっていた。こんなひどいことにはなったが、彼女の人となりを知るには絶好の機会でもあった。いっさい弱音を吐かない彼女の態度には、目を見張らされるものがあった。とはいえ彼女はいささか率直に遠慮なく口をききすぎたかもしれない——たとえ彼女の言うことが正論であったとしてもだ。それは私にはとてもできないことだった。

じっと待つことに疲れ果て、いつになったらこの待機が終わるのだろうと思い始めたところに、ようやく出発の時がやってきた――いつものように。ラッセルが再び立ち上がった。出発すべき正確な時を突然感じ取ったか、あるいは前もって承知していたか、どちらかなのだろう。そしてその数分後には、我々は雨裂をもう出ていた。真っ暗な開けた土地が、我々の前面三方に広がっていた。

我々はラッセルの動きに合わせて行動した。彼はどうしろと命じたりはしなかった。彼は先頭を進み、我々はおおむね目を頼りにそのあとについていった。彼が歩を止めると、我々も歩を止めた。そういうことはしばしば起こったが、彼がいつ歩を止めるのかは予測がつかなかった。また頭が痛くなるほどじっと耳を澄ませても、いったい何が彼の足を止めたのか知りようもなかった。

我々はみんなで藪《やぶ》を抜けるときに、あるいは石ころやらなにやらを蹴《け》ったりして、いろんな騒音を立てた。それは避けがたいことだった。ぎゅっと歯を食いしばり、それを聞きつけたものがいないことをただ祈るしかなかった。しかしラッセルが斥候《せっこう》となって一人で少し先の様子を見に行くとき――そういうことは数度あったのだが――彼は行くときにも帰るときにも、音というものを一切立てなかった。彼のアパッチ風のモカシン靴がそれを可能にしているようだった。同時にまたその歩き方にもこつがあったのだろう。そのこつをつかむことは私には最後までできなかったけれど。

夜間の戸外でずっと遠くを見渡すとき、いろんな事物や、輪郭や、空や、そういうものがどのような見え方をするか、おわかりだろう。それは地下室や、閉めきった窓のない部屋といった、室内の暗さとはまるで違う。我々の目は暗いぼんやりした塊を目にするが、それは低木の茂みや、何本かのジョシュア・ツリーであったことがやがて判明する。ハシラサボテンもいくつかあったが、今までいた高いところに比べると数は少なかった。グリースウッドやウチワサボテンや、その他名前も知らない植物の藪もあった。そのほとんどは地表の低いところに繁《しげ》っていたので、開けて遮蔽物のない土地にいるのだという不安はまだ消えなかった。

ラッセルが止まると我々も止まる、と前に述べた。そこで我々はじっと耳を澄ませて、何かの物音を聴き取ろうと努めた。でも二度だけを例外として、我々は何ひとつ物音を聴き取ることができなかった。

最初の例外は、たぶん我々がその道行きの半ばにさしかかった頃だったと思う（まあ正確な位置は知りようがないのだが）。そのとき私はじっと足下を見ていた。それから私は顔を上げ、ラッセルが立ち止まっているのを目にして、あわててそこで歩を止めた。彼はこっちを向いていて、我々と正対するようなかっこうで頭を少し上げていた。

それから我々全員がそれを耳にした。ずっと遠方から聞こえる、厚みを欠いた音ではあったが、それは間違いなく銃声だった。

我々は待った。数分後に再び銃声が聞こえたが、音はさっきより少しばかりこちらに近づいているようだった。私にそう感じられただけかもしれないが。十秒ほどが過ぎた。それから違う方角の暗闇《くらやみ》のずっと奥の方で、三発目の銃声が微《かす》かに響いた。

ラッセルは進み始めた。前よりも速度を上げて。彼らはまだ我々の後方にいて、先回りして待ち伏せしてはいない。それが彼にはわかったのだ。それらの銃声が合図であるらしきことは私にもわかった。彼らは、この一帯のどこかに我々が潜んでいるのではないかと、手分けして探しているのかもしれない。ひとつのグループが我々の足跡を見つけて（たぶんメキシコ人だろう）、銃を撃ってそれを他の連中に知らせたのかもしれない。しかし返事がないので、もう一発撃った。三発目はその返事だったのだろう。

マクラレン嬢は別の考え方をした。それらの銃声のあと、歩き続けているときに彼女は私に言った。「連中は彼を殺したのよ」

彼女にそう言われるまで、私はドクタ・フェイヴァーのことをすっかり忘れてしまっていた。あれは合図ではないだろうかと、私は彼女に言った。

「あるいは」と彼女は言った。「でも連中に殺されなかったとしても、飢えか渇きで彼は死ぬことになる。いずれにしても助かる見込みなんてない」

私は言った。「彼の方だって、我々の身など案じてはいなかったよ」

「でも、だからといって、私たちも同じことをしていいわけ？」とマクラレン嬢は言った。

そんな問いかけに対して、いったいどう答えを返せばいいだろう？　しかしいずれにせよ、彼を追放したのは我々ではなくラッセルだった。彼女は顔にこそ出さなかったけれど、そのことを憂慮していた。マクラレン嬢のためにそれだけは断っておきたい。

二度目の物音を耳にしたのはその少し後だった。それは馬の足音だった。かなり近くではあったが、目に見えるほどの距離ではない。我々は地面に伏せ、そのましばらくじっとしていた。再び馬の足音が聞こえた。走ってもいないし、早足でもない。ゆっくり歩く速度だ。蹄《ひづめ》が石に当たってかちかちと音を立てた。馬は姿が見えるほど近くには寄らなかった。しかしそれが意味するところは明白だった。彼らはこの開けた盆地に既に足を踏み入れており、我々の姿を探し求めているのだ。

ようやくラッセルが立ち上がって進み出したが、前と同じく用心深く進み、時折歩を止めて耳を澄ませるというペースには変わりがなかった。何ごとも彼の歩調を速めることはできなかった。たとえすぐそこに彼らがいるという気配があってもだ。彼は片手にスペンサー銃を持ち、その銃口を地面に向け、反対側の肩にサドルバッグを担いで前に進んだ。まるで「先を急ぐ必要など、この世界のどこにもありはしない」という様子で。要するに、彼はただ我慢強いというだけではないのだ。

その盆地を半分ほど横切ったあたりで、目の前にある高地の輪郭が少しずつ視野に入ってきた。そのせいで、ゆっくりと歩むことがむずかしくなった。そこに辿《たど》り着けばとにかく身を隠すことができるのだから。しかしラッセルは何があろうと歩みのペースを崩さなかった。

ようやく彼は我々を木立の中に導いた。中に入ると、まるで家の中に入って内側からドアに鍵《かぎ》を掛けたような安堵《あんど》の感覚が生まれた。でも息をつく間もなく——そうなっても誰一人驚かなかったが——我々は登りにとりかかった。丘陵を辿る小径《こみち》を行くのではなく、まっすぐ尾根まで登り、それから尾根づたいに進んだ。最初のうちはさしてきつくなかった。地面は平らで草が茂り、たくさん樹木が生えていた。しかし尾根のより険しいところに達し、ラッセルが再び登りにとりかかると、メンデスが音を上げ始めた。

ラッセルは彼には目もくれなかったと思う。委細かまわず登り続け、我々はそのあとをただついていった。岩のあいだを抜け、草の根や枝を摑《つか》んで身体を引っ張り上げなくてはならないようなところを進んでいった。それからおそらくは獣たちが踏み分けたとおぼしき狭い道を進んだ。そしてやっとのことで頂上に達した。

その尾根を二百ヤードほど進んだところでラッセルは止まった。眼下にはサン・ペテの鉱山施設が見えた。

我々は裏側からそこまでやってきたのだ。坑道や、砕鉱場や、そんなすべての施設のずっと上方に、峡谷のこちら側に我々はいた。その遠くの向かい側に会社の建物が小さく見えた。二日前にみんなで朝食をとった建物まで目にすることができた。

仮にそんなことができたとしたら、私としてはそこでラッセルに「酒を一杯、君にごちそうさせてくれ」と言いたいところだった。マクラレン嬢とメンデスはただじっとそれを見ていた。二人の顔には安堵の色が浮かんでいた。それは見慣れた懐《なつ》かしいものを再び目にした人の顔だった。そこにあるのは、ブレイデンのことをしばし忘れさせ、先に希望を抱かせ、微かな曙光《しょこう》をもたらしてくれるものだった。

その時点で我々全員の胸には、確信に近い期待がひとつ生まれた。これでもうブレイデンに再び追いつかれることなく、なんとかデルガドのところまで辿り着けるだろうという期待だ。そしてそれとは別に、その少しあとでもうひとつの見慣れたものを我々は目にすることになった。それは我々が予測もしていなかった何かだった。

私が言っているのはドクタ・フェイヴァーのことだ。

でもそれについては少し先で触れることにしよう。

鉱山施設に向けて尾根を降りていたとき、あたりはまだ真っ暗だった。すっかり下までは降りなかった。五十フィートか六十フィート降りたところに平らな場所があり、そこには口を開いた坑道が何本かあり、小屋がひとつあった。

この棚地の奥には足場を組んでつくられたシュートがあった。それは斜面の四十ヤードか五十ヤード下に据えられた大きな砕鉱場にまっすぐ通じていた。鉱石のテーリング（というのは坑道から掘り出されて捨てられた、石の切片とか砂とかそういう残り滓《かす》のことだ）が砕鉱場の向こう側に細長い瘤のようなものを作り出していた。あたりは静まりかえり、空気はそよとも動かなかった。

前にも言ったように、あたりはまだ暗かったけれど、下の方にある物体の形を見きわめることはできた。左手に砕鉱場とテーリングの山があり、鉱山会社のいくつかの建物が峡谷を隔てた正面、二百ヤードばかり向こうにあった。

我々はそこに数分間立っていた。ラッセルは鉱山施設を見下ろしていた。何かを考えているようだった。そしてようやく口を開き、こう言った。「ここは良い場所だ」。彼が言っているのは、この棚地に建った小屋のことだった。

「下まで行けば、そこにもっと水があるんだぞ」とメンデスは言った。一昨日にその会社の建物に我々が置いてきた水袋のことを、彼は言っているのだ。

ラッセルは首を振った。「もしここに丸一日留まるとしたら、あんたは上り下りした足跡をまわりに残したいと思うか？」

「留まる！」とメンデスは言った。待つことは彼の神経にこたえていた。「なあ、もうすぐそこなんだぞ！」

「もしあんたがどうしても行きたいのなら」と彼は一切の感情を込めずに言った。「来た道を戻って行ってくれ」

メンデスはいつものもったいぶった目で彼を見たが、それ以上は何も言わなかった。

小屋の中には二匹のコウモリがいただけだった。我々は中に入ると、コウモリたちを追い払った。小屋の二面の壁は棚になっており、そこには精鉱《コンセントレート》を入れるための袋がいくつも置いてあった。この小屋は鉱石のサンプルをテストするために使用されていたらしい。我々は埃《ほこり》だらけの床に横になり、その袋を枕《まくら》がわりにした。

ラッセルはドアをいくらか開けたままにして、その開口部近くに頭を置き、横になった。私は窓の一つの下に横になった。小屋の正面に二つ窓があり、窓には板の雨戸がついていたが、閉じることはできなかった。

些《さ》細《さい》な事柄をひとつ。ラッセルは自分の毛布をマクラレン嬢に与えようとはせず、自分で使った。私は自分の毛布をもう一度彼女に差し出した。昨夜と同じように。そして今回は彼女はそれを受け取った。それはいったい何を意味するのか？

数時間あとのことだ。たぶん六時と七時のあいだくらいだろう。少し眠り、食事をとり、割り当てぶんの水を飲んだあとで、我々は再びドクタ・フェイヴァーの姿を目にした。そのとき右手の窓のところにいたマクラレン嬢が、最初に彼を見つけた。

我々がさきほど横切った開けた盆地の方角から、鉱山へと通じている南の小径を通って、彼は既にこの場所に入っていた。足取りはたどたどしく、疲弊の極にあることが遠目からもわかった。着ている服はずいぶんよれよれになり、泥だらけだった。彼は太陽の光を浴びながら、峡谷の真ん中をまっすぐやってきて、今にも倒壊しそうな建物と、その死に絶えたような沈黙の中に足を踏み入れた。砕鉱場をとても長いあいだまっすぐ見上げていたが、それから一列に並んだ会社の建物に目をやった。

誰も口をきかなかった。彼が水のことを覚えているかどうか、それをただじっと見守っていた。

建物のひとつに沿ってパイプが通っていて、その先端に手押しポンプがついていた。ドクタ・フェイヴァーはそれを目にすると、そこまで走っていって、ポンプをぐいぐい押し始めた。両膝《りょうひざ》をついてハンドルを押し続けた。彼の両肩と両腕は上がっては下がり、上がっては下がった。しばらくやってみて、もう水の出る見込みはないとわかったはずなのに、それでも彼はその動きを止めなかった。しかし数分のうちに動作は次第に緩慢になった。そしてとうとうポンプの上にばったり倒れ込み、そこにしがみついたまま動かなくなった。

小屋の中は、これ以上静かにはなれないというほど静まりかえった。マクラレン嬢がやっと口を開いたが、それはほとんど囁《ささや》きに近いものだったと記憶している。私はメンデスと共にもうひとつの窓からそれを見ていた。ラッセルはドアのそばにいた。しかし彼女の言うことを全員が耳にした。「彼は覚えていない」と彼女は言った。

他のものは黙り込んでいた。

「教えてあげなくては」、彼女は穏やかで冷静な口調でそう言った。彼の姿を見て憐《あわ》れみを感じ、情けをかけるというのではなく、単なる事実を述べるように。

「おれたちは何もしない」とラッセルはドアのところから言った。彼はじっとドクタ・フェイヴァーの姿を見ていた。ドクタ・フェイヴァーは今では地面に座り込んでいたが、片手はまだポンプのハンドルの上に置かれていた。

「あの姿をあなたは座視していられるの？」と彼女は言った。「それでもあんなやつは助けたくないというわけ？」。彼女は今ではじっとラッセルを睨《にら》みつけていた。

「彼は立ち去る」とラッセルは言った。「そうすればもう見なくて済む」

「でも渇き死にしようとしているのよ。見ればわかるでしょう」

「どうなると思っていたんだ？」とラッセルは言った。彼はようやく彼女の顔を見た。

「もう二度とあの男の姿を見ることはないとあんたは思っていただろう。昨日は彼のことなど考えもしなかった。違うか？」

「もし昨日、私が反対の意見を述べなかったとしたら」とマクラレン嬢は言った。

「私は間違っていたのだわ」

「彼が水を持って逃げていた方がよかったのか？」

「それは、今あそこにいる彼とはまた別の問題よ」

「しかしもしあんたがあそこにいて、彼がここにいたら？」とラッセルは言った。

「ああ、あなたは何もわかっていないみたいね」とマクラレン嬢は言った。

ラッセルは彼女をじっと見続けていた。「あんたは何をしたいんだ？」

「あの人を助けたいだけよ！」、彼女は声を少しだけ荒らげた。もう我慢が限界に達したみたいに。

それはラッセルを微塵《みじん》も動揺させなかった。彼は言った。「あんたはここから降りていって、あの男を助けたいというのか？　この五年間誰も足を踏み入れたことのない斜面にくっきりと足跡をつけてな。そしてその足跡は我々がどこにいるかを示すことになるんだぞ」

「あの人は渇き死にしようとしているのよ！」と彼女はラッセルに向かって叫んだ。彼女は完全に気持ちが切れてしまったらしく、その言葉を彼に向かって文字どおり投げつけた。

ドクタ・フェイヴァーに聞こえるほど大きな声で叫んだわけではない。彼は今ではもう立ち上がり、会社の建物の正面に沿って歩いていた。そして一昨日に我々が立ち寄った建物に達して、それを見上げた。

私はもう一度息を呑《の》んだ。水袋のことを思い出したのかもしれない。いや違う、彼はそのまま前を通り過ぎて行った。

はっと気づいたときには、マクラレン嬢が既に窓から飛び出して、斜面を駆け下りていた。ラッセルはドアから飛び出したが、彼女を止めるにはもう遅すぎた。彼は小屋の前に立っていた。メンデスと私は窓のそばにいた。そして彼女が小さな埃を立てながら斜面を降りていくのを見ていた。その姿は見る見る小さくなっていった。

下に達する少し手前で、マクラレン嬢は声を上げた。ドクタ・フェイヴァーが立ち止まって振り向くのが見えた（さぞや驚いたことだろう）。彼は娘の方にやってきた。しかし彼女は会社の建物を指さしながら何かを大声で叫んでいた。

彼はそこに一瞬立ちすくんだ。それから会社の建物に向けて懸命に駆けだした。マクラレン嬢は彼が水袋を見つけられるかどうか、そこから見守っていた。

我々はその一部始終を上から眺めていた。彼はその建物の正面に達し、ヴェランダによって作られた影の中にまさに踏み込もうとしていた。ところが彼はそこではっと立ち止まった。そしてそのまま後ずさりして、そこから離れていった。それから後ろを振り返り、マクラレン嬢の方に向かって走り出した。いったい何が起こっているのか彼女にはまるでわからなくて（上で見ている我々と同様）、ただそこにぼんやり突っ立って彼を見ていた。

近くまで来たときに、彼は何か言ったに違いない。マクラレン嬢が斜面を駆け上がってきたからだ。そして登りながら、会社の建物を振り返って見ていた。

男が姿を見せたのはそのときだった。それはアーリーだった。彼はヴェランダの影の中からぬっと現れた。影の縁のところに立って片手にコルトを持ち、もう一方の手に水筒を持っていた。その水筒の中にはどうやら、メキシコ人がラッセルに言ったように、ウィスキーが入っているようだった。というのはアーリーは酩酊《めいてい》しているか、あるいはそれにきわめて近い状態にあるように見受けられたからだ。ブーツを履いた脚を大きく広げて立っていたが、まっすぐ立っているのもやっとという様子だった。でもはっきり断言することは差し控えたい。彼を子細に観察しているような余裕は私にはなかったからだ。

彼はコルトを撃ち始めた。それを我々や、あるいは斜面を登っていくマクラレン嬢やドクタ・フェイヴァーに向けて振り回した。メンデスと私はあわてて身を伏せた。そして彼は弾丸が尽きるまで撃ち続けた。それから大声で怒鳴りだしたが、何を言っているのか一言も聴き取れなかった。

ブレイデンやほかの連中が姿を見せるのを私は待っていた。しかし少なくともそのときには、彼らは出てこなかった。明らかにアーリーだけが先にここに送り込まれたのだ。ブレイデンは我々がこの道筋を辿ると読んでいたのだろう。

マクラレン嬢とドクタ・フェイヴァーが小屋に辿り着いたとき、私はまだ窓際《まどぎわ》にいた。彼女は中に入り、水筒を手にまた外に出て、それをドクタ・フェイヴァーに渡した。ドクタ・フェイヴァーは、マクラレン嬢がその口から水筒をもぎ取るまで、ごくごくと水を飲み続けていた。それから彼は水筒をまた取り返し、堅く握りしめ、それをラッセルに差し出した。彼はラッセルの態度を見て、自分を救ったのはマクラレン嬢一人の考えであったことを見て取ったのだろう。僅かに笑みを浮かべているようにも見えた。どうだ、冗談にされたのはお前だろう、といわんばかりに。

「白人について、君にも学ぶことがあるだろう」と彼はラッセルに向かって言った。「白人の結束は強いのだ」

「どうやらそうした方がよさそうだ」とメンデスは言った。「みんなで今こそな」

ヘンリー・メンデスお得意の何も外に出さない態度が、またちらりと顔を出した。この二日間というもの、彼の違う面ばかり見せつけられたあとでは、そのような台詞を耳にするのも悪くないなと私は一瞬思った。しかし彼はドクタ・フェイヴァーの方を見てはいなかった。ラッセルもまた斜面の下に視線を注いでいることに私は気がついた。

まるでドクタ・フェイヴァーのあとを追ってきたかのように（実際そうであったことに疑いの余地はない）、メキシコ人が徒歩で、フランク・ブレイデンとフェイヴァーの妻はそれぞれ馬に乗って、姿を現した。この少人数の一団は南の道を通ってやってきた。こちらから見て道の反対側に身を寄せるようにして、急ぐ様子もなくやってきた。メキシコ人は手を上げて振った。

すべてはひと回りして元に戻ってきたわけだ。ものごとがそもそも始まった場所に。ただし今回は、こちらが頭上の岩棚の上に陣取っているところに、彼らが峡谷を抜けてやってきた。そして我々の正面にある会社の建物の前で馬から降り、ライフルを抜き出した。我々はその光景をじっと眺めていた。

そういう場合、頭はいろんな思いで文字通りいっぱいになってしまう。我々は何かをしなくてはならない（ここを出ていくか、あるいはとにかく何か手を打つか）とか、そもそもこういうことは起こるべきではなかったのだとか、もしマクラレン嬢がいなかったら、またそんなことをしてやる価値もない相手に彼女が親切心を発揮したりしなかったなら、連中が我々を発見することもなかっただろうとか。そうすれば彼らは、足跡ひとつついていないむき出しの斜面を見上げ、そのまま前に進んでいったことだろう。となれば、マクラレン嬢に向かってひとこと文句を言いたくなるのが人情というものだ。私としても何か言いたいのは山々だった。しかし実際にそれを口にしたのはメンデス一人だけだった。

彼は言った、「これでわかっただろう？」。ドクタ・フェイヴァーを見て、それから戸口にいるマクラレン嬢を見た。「これでわかっただろう？」と彼はもう一度繰り返した。もっと何かを言いたそうだったが、あとはただ頭を振っただけだった。言いたいことがあまりにたくさんあるみたいに。

それまでマクラレン嬢はおとなしくしていたのだが、そう言われて頭に血が上ったみたいだった。彼女は言った、「私はまた同じことをするわ！　あいつらがあそこにいるとわかっていても、また同じことをするわよ。それでどうなのよ！」

「この男にはそんな値打ちはない！」とメンデスは言った。彼女を怒鳴りつけたくなるのを我慢するように、歯を食いしばりながら。それでも声は大きくなった。

「誰にどれだけの値打ちがあるか、それを決める資格があなたにあるわけ！」、なにしろ、彼女はいったん頭に血が上ると、抑制がきかなくなるのだ。

ドクタ・フェイヴァーは言い争いには加わらなかった。腫《は》れ上がった唇に舌を這《は》わせているだけだった。きっと水の後味を楽しんでいたのだろう。

そしてラッセル。ラッセルは外に出て、しゃがみ込んでいた。踵《かかと》を地面につけ、後ろに寄りかかっていた。煙草を吸いながら、峡谷の反対側に目をやっていた。ラッセルはマクラレン嬢の方を見なかったし（そのときは、ということだが）、誰かに何か声をかけようともしなかった。ラッセルは何があろうと常にラッセルなのだ。

彼はブレイデンと、会社の建物の正面にいる他の連中を眺めながら、ただ煙草を吹かせていた。彼らは二頭の馬を、足場の組まれた二階建てヴェランダの、影になったところに連れて行った。メキシコ人が再び陽光の中に出てきて、これみよがしに歩いて行き来した。彼は両手を腰に回し、こちらを見上げた。

それからラッセルが小屋の中に入ってきた。そして次の瞬間には彼は、もうひとつの窓の前にいて、スペンサー銃を肩に当てていた。たぶんメキシコ人は彼の姿を見なかったのだと思う。もし見ていたら、ラッセルが銃火を浴びせる前に、きっと何かをしていたはずだから。

銃声と、目の前に跳ね上がる土埃のせいで、メキシコ人ははっと動きを止めた。ラッセルはもう一発撃ち、今回はメキシコ人はヴェランダの影の中に素速く引っ込んだ。ラッセルはそのメキシコ人を傷つけることはなかった。

「なんで撃ったりしたんだ」とメンデスは気分を害したように言った。

世の中にはずいぶんたくさんの愚かしい質問があるものだと、ラッセルは思ったに違いない。彼はメンデスに言った。「これであいつらにも我々が見える」

下から応射はなかった。しかし我々はそれに備えていた。そのときにはもう全員が小屋の中に入っていた。ラッセルは精鉱の入った袋を、自分の窓枠に積み上げていた。

私はもうひとつの窓にも同じように袋を積み上げた。マクラレン嬢がそれを手伝ってくれた。メンデスは袋をいくつかラッセルのところに運んだ。ドクタ・フェイヴァーは指一本動かそうとはしなかった。たぶん何か考えを巡らせていたのだと思う。そしてサドルバッグをちらちらと見ていた。でもラッセルが彼に向かって何も言わなかったので、私も黙っていた。悔しいことに。

次にラッセルがやったのは、スペンサー銃からチューブの弾倉を抜き出し、そこに弾薬帯から更に二発の弾丸を装塡《そうてん》することだった。私はもう一つの窓の前に陣取り、自分の手にしたちっぽけなリヴォルヴァーが何かの役に立つのだろうかと、不安に思っていた。

時間は経過したが、私の感じていた息詰まるような緊張は――できるだけ表に出すまいと懸命に努力していたのだが――ちっともましにはならなかった。ラッセルもやはり怖いのだろうか、と考えたことを記憶している。ラッセルは帽子をとっていたので、今ではその横顔をうかがうことができた。前にも述べたことだが、帽子をとって、髪が額にぴたりと押しつけられていると、ずいぶん若々しく見えた。彼もやはり緊張して唾《つば》を飲み込んだり、鼻を掻《か》いたりするのだろうか。他のみんなと同じように。外見だけを見れば、普通の人ととくに違っているとも思えなかった。

しかし彼はまったく普通ではなかった。フランク・ブレイデンがこれから身をもって学ぼうとしていたように。

フランク・ブレイデンの目論見《もくろみ》は、我々をじらせて不安な気持ちにさせることだったと思う。半時間ほど経《た》ったあとに、ようやく彼の声が聞こえた。それはまったく唐突な呼びかけだった。

彼は道の反対側から叫んでいた。「聞こえるか!」、そして待った。「そこまで話し合いに行く。撃つなよ!」、彼は待ち、それからもう一度叫んだ。たぶん一分ほどが経過した。

それからブレイデンがヴェランダの影の縁に姿を見せた。アーリーとメキシコ人がその背後にいた。ブレイデンがウィンチェスター銃を手に前に進み出ても、彼らはそこにそのまま控えていた。銃の先に白い布が巻き付けられていた。フランク・ブレイデンとしては休戦の旗のつもりなのだろう。

ラッセルは彼を見ていた。ブレイデンは開けたところを横切ってやってきた。太陽の下、遮るものもない場所を。ラッセルはスペンサー銃を構え、撃鉄を起こした。

「話し合いに来るんだぞ」とメンデスは言った。「聞こえただろう。トリックじゃない。あいつは我々に何か話があるんだ」

ラッセルはメンデスの言うことには耳を貸さなかった。ちらりと見やることさえしなかった。精鉱を入れた袋にスペンサー銃を固定させ、ブレイデンにぴったり照星を合わせた。

FIVE

フランク・ブレイデンには度胸があった。それは彼に関してひとつ特筆すべきことだ。度胸がなくては駅馬車のホールドアップはできない。武装しているとわかっている人々が見下ろす中、遮蔽物《しゃへいぶつ》のない斜面を登っていくことも。

もし怯《おび》えていたとしても、それを表には出さなかった。彼の帽子はつばを曲げられ、目の前に傾けられていたから、見上げるためには、顔をしっかり上げなくてはならなかった。彼はじっと上を見ていたが、それで足取りがひるむことはなかった。ブレイデンは社屋の正面の開けた空き地を歩いて横切った。まるでこの世界に煩《わずら》うべきものなどひとつもないという顔つきで。ウィンチェスター銃は軽く上げられていた。その先端には白い休戦の旗が結ばれていた。

彼はその休戦の旗に全幅の信頼を置いていた。メキシコ人が昨日同じことをして、銃火を浴びなかったという事実もあった。それはつまり、彼がジョン・ラッセルという人間をまだよく知らなかったということでもある。

ラッセルは彼を近くまで寄らせた。そしてスペンサー銃を決して肩から離さなかった。しかしブレイデンが近づくにつれて、その銃身はほんの僅《わず》かずつ下げられていった。他の人間でもブレイデンを一応射程には入れたかもしれない。しかしラッセルが本気で撃つ気でいることは、なぜか見ていればわかった。そうでなければ彼はそもそも銃を構えたりはしない。問題はどこまでブレイデンを近寄らせるかだ。

「なあ――彼は話をしようとしているだけだ」とメンデスはラッセルに近づきながら言った。まるで野生馬を優しく撫《な》でようと、そろそろ近づく人のように。「何か裏があるわけじゃない。あいつは話をするために来るんだ。見ればわかるだろう。必要もないのに、ことを荒立てたいのか？　いいから、おれを見ろ！」

集中を乱され、ラッセルの頭が少しだけ上がった。しかし彼の目は終始ブレイデンの上に注がれていた。彼は今では鉱石を運ぶカートの軌道に達していた。それは砕鉱場を起点とし、小さな小屋の前を通って、ずっと先の開けた場所に向かっていた。その軌道を越えれば、ブレイデンと我々とのあいだの距離は百ヤードほどになる。彼は前に進み続けた。

「相手が何を求めているか、聞くだけ聞こう」とメンデスは言った。「おまえが口をきく必要はない。おまえが話したくないのなら、我々の誰かがかわりに話をしよう」、メンデスは外に目をやった。ブレイデンは今では斜面に達して、そこを登り始めていた。

「向こうが何を求めているか、まだわからないんだ。何を求めているか、それだけでも知らなくちゃならん」とメンデスは言い続けた。「話を聞こう。相手は我々を信頼しているんだぞ……我々も彼を信用して、話を聞いてやろう。それが筋の通ったやり方というものだ。そうだろう？」、メンデスはそれだけのことを早口で一気にしゃべった。ラッセルがたとえ耳を貸さなかったにせよ、それは彼の神経を煩わせ、ブレイデンに対する集中を妨げる役を果たせたかもしれない。

それまでにブレイデンは斜面をかなり登っていた。彼はそこで止まって、呼びかけた。「誰かそこにいるか？」

絶好のチャンスだとメンデスは思って、それに飛びついた。「聞こえているぞ！」と彼は叫び返した。

「その豚小屋みたいな狭苦しいところから出てこいよ」とブレイデンは呼びかけた。

「少しばかり話がある」

「話があるなら言え」とメンデスが返事をした。

「おまえらもできたら家に帰りたかろう」

「それでなんだ?」

「よくよく考えるんだな」とブレイデンは言った。「おれたちはいくらでもここに腰を据えていられる。誰かに水と食料を取りにやらせることもできる。しかしおまえらはここから動けない。おまえらが動けるのは、おれたちが動いていいと言ったときだけだ。事情はわかったか?」

「他には?」

「それ以上の何がある?」

「それで、そっちは何を求めているのだ?」

「金を渡せば、女は置いていく」

「そしてみんな家に帰れるということか?」

「みんな無事に家に帰れる」

「我々はそれについて協議する」

「すればいい」。ブレイデンはウィンチェスターを片腕に抱えていた。休戦の旗がだらんと垂れ下がっていた。彼は両脚を広げて、ポーズをつけて立っていた。自分のやっていることにひとつも間違いはないという確信が、そこにはうかがえた。

「おまえらが協議をしているあいだ、女の姿をたっぷり拝ませてやるよ」とブレイデンは言った。「それで話が決まったら、金を持って降りてこい。女は渡してやる」

「我々はそれについて協議する」とメンデスは繰り返した。彼は、もうひとつの窓の前にいたドクタ・フェイヴァーの方をちらりと見た。それからもう一度ブレイデンを見下ろした。

「もしもだな——」と彼は言った。「もしも、誰もその女はいらないと言ったら?」

「そういうことを軽々しく口にしない方がいいと、おれは思うがな」とブレイデンは返事をした。

「あんたがどういうつもりでいるのか、いちおう確かめたかっただけだ」

「ひとつだけしっかりわかっておいてほしいことがある」とブレイデンは言った。「おたくらがその金を持ってここを出て行くことはあり得ない。わかったか?」

メンデスは返事をしなかった。フランク・ブレイデンは一分間待ったが、そこで引き返そうとした。

「よう」とラッセルに呼びかけられて、ブレイデンは歩を止めた。身を半ばひねり、肩越しにこちらを見た。

「質問がひとつある」とラッセルが言った。

ブレイデンは眼を細めて、窓の中にいるラッセルの姿を見定めた。「言ってみろ」と彼は言った。

「あんた、どうやってその坂を下りるつもりだ?」

ブレイデンは相手の意味するところを理解した。彼はしばしそこに立っていた。それからゆっくり振り向いて、顔をもう一度小屋の方に向けた。そして自分は怖がってはいないことを我々に示した。

「なあ、おれは状況を説明するためにここに上がってきたんだぜ。あんたらのためを思っただけだ」

「来てくれと頼んだわけじゃない」とラッセルは言った。「そっちが勝手に上がってきたんだ。我々はこの金を持ってここを出て行くことはできないと、あんたはそれだけをわざわざ言いに来た……そういうことだろうか?」

「おれの言ったことは聞こえただろう」、ブレイデンの声はより緊張したものになっていた。間違いなく。

「あんたに金を渡すか、さもなくば我々が殺されるかってことだな」

「金を持ってここを出て行くことはできんと言っただけだぜ」

「でも、要するに同じことだろう。なあ？　たとえ金を渡しても、なおかつあんたらは我々を殺しにかかるかもしれない」

「仲間うちでそれについてよく話し合った方がいいぜ」

「おれは思うに」とラッセルは続けた。「死人に口なし、というのがあんたらの望むところみたいだが」

「もしそうなら、駅馬車を襲ったときに殺しているさ」

「殺そうとしただろう」とラッセルは言った。「水を奪うことでな。しかしそいつはこっちが取り返した」

「考えたいように考えればいい」とブレイデンは言った。話はそれでおしまいということだった。

ラッセルは肯《うなず》いた。とてもゆっくりと二、三度首を上下させた。「既に考えた」、彼はいつもの穏やかな口調でそう言った。あまりにも物静かな声だったので、彼がスペンサー銃を実際に持ち上げるまで、彼の考えを推測することはできなかった。それから彼が何をするつもりなのかは明白になった。

「おい、ちょっと待て！」とブレイデンは言った。「おれはやってきたのと同じ道を降りていく」。しかし彼は窓をじっと睨《にら》みながら、後ろ向きに下がっていた。

ラッセルはスペンサー銃を肩に構えていた。しかし頭は上にあげられ、しっかりとブレイデンを見ていた。

「聞こえたろう!」とブレイデンは怒鳴った。「よすんだ!」

まるでラッセルがロープを繰り出したような具合だった。ブレイデンをぐいと引き寄せる前に、少し緩みを与えたわけだ。来るべきものが来ようとしていた。我々にはそれがわかったし、まだ後ずさりを続けていたブレイデンにもそれはわかった。しかしそれがいつ来るのか、わかっていたのはラッセルだけだった。そこで遂《つい》にブレイデンの剛胆さが砕けた。彼は七マイルにも及ぶ長さの肝っ玉を持っていたかもしれない。しかしそれを一瞬にして放り出してしまった。彼がやるべきことは、もうひとつしか残っていなかった。

彼は駆けだした。砕鉱場に向かって懸命に走った。あまりに急いだので、四歩か五歩走ったところで転んでしまった。ラッセルがまさにスペンサー銃に顔を押しつけ、引き金を引いたときに転んだのだ。おそらくその転倒がブレイデンの命を救った。それでラッセルは次の一発を急いだ。ブレイデンがそこに倒れている間に仕留めようとしたのだ。しかし弾丸はブレイデンの目の前の砂を跳ね上げただけだった。彼は勢いよく立ち上がり、また走り出した。そしてラッセルが再び狙《ねら》いを定めているあいだに、いくらか距離を稼いだ。引き金が引かれ、ブレイデンは身をねじって斜面を転げ落ちていった。そのときになって、鉱山会社の建物から銃撃が始まった。メキシコ人とアーリーがようやく事態を悟り、ブレイデンのために援護射撃を始めたのだ。ブレイデンはもぞもぞと這《は》い、それから立ち上がって再び走り出した。片脚をかばう、ひょいひょいと跳ねるような走り方だった。それから、ズドン。スペンサー銃が火を噴き、ブレイデンは再び倒れた。そこに両手と両膝《りょうひざ》をついて。しかしそれでもなんとか、前に進んでいった。地面を引っ掻《か》いて、半ば走り半ば這うようにして。彼の背後に、休戦の旗のついたウィンチェスターが空《むな》しく残されていた。ラッセルは再び撃った。そのときにはブレイデンはもう砕鉱場に近づいていたので、ラッセルは急がねばならなかった。それがラッセルにとってのラスト・チャンスだった。ブレイデンは危ういところで逃げ切った。ラッセルの銃撃の音が峡谷に響き渡る中、我々の小屋から四十ヤードほど離れたところにある建物の角に、彼は辛うじて辿《たど》り着いた。

そこからブレイデンを助け出したのはメキシコ人だった。彼は砕鉱場の向こう側から回り込んで上がってきて、同じ道筋を辿ってブレイデンを連れ帰った。銃撃を受けないように、建物の陰に終始身を隠しながら。

アーリーがヴェランダの陰から出てきて、メキシコ人がブレイデンを中に運ぶのを手伝った。アーリーはラッセルが再び銃撃を開始するのを恐れるように、後ろを振り返っていた。ブレイデンは二人の男に両脇《りょうわき》から抱えられるようにして、足を引きずって歩いていた。彼はかなり深手を負っているようだった。

ミスタ・ブレイデン、と私は心の中で思った。これでラッセルという人間がわかっただろう。

しかしそれによって、我々の置かれた状況が少しでも好転しただろうか？

おそらくは。しかしそれはブレイデン次第だ。もし彼の傷がひどいようであれば、彼らは彼を寝かせるか、あるいは医者に連れて行く必要がある。だからしばらくのあいだ、我々はその希望にすがっていた。しかし時間が経《た》つに連れて、そんな希望も次第に遠のいていった。会社の建物から誰一人として出てはこなかったからだ。

彼らに立ち去るつもりのないことが明らかになると、ヘンリー・メンデスはまたラッセルを責め始めた。おまえはなぜあんなことをしたんだ？　どうしてものごとをそのままにしておかなかったんだ？　彼はそう言い続けた。おかげで状況はますますこじれてしまった、メンデスはそう確信していた。すべてはラッセルのせいなのだ。

「何も変わりはしない」とラッセルは言った。彼の言いたいのはこういうことだ。彼らは頭に来ようが、深手を負おうが、腹を減らそうが、酔っ払おうが、何にしても我々を殺すつもりだ。言われてみれば、たしかにそのとおりだ。

メンデスとラッセルとが一緒にいるあいだに、私はひとつ提案をした。もと来た道を引き返して逃げるのはどうだろうと。

我々が坂を登っているところを、やつらは簡単に狙い撃ちするだろう、というのがメンデスの返事だった。「暗ければ大丈夫だ」とラッセルは言った。彼はあらゆる可能性を考慮しているのだ。

おわかりのように、これまでは誰一人として、ミセス・フェイヴァーと引き替えに金を連中に渡してしまおう、とりあえずブレイデンに言われたとおりにして成り行きを見ようじゃないか、ただ考えていても始まらないんだから、とラッセルに向かって言い出すものはいなかった。そんなことをラッセルに言っても、言うだけ無駄だと思ったからかもしれない。あるいはもはや誰も、ミセス・フェイヴァーのことなど考えていなかったからかもしれない。

しかしその情勢は、メキシコ人が彼女を外に連れてきた瞬間に一変した。そのとき、ブレイデンが撃たれてから一時間は経っていたと思う（時間はずいぶんいびつな進み方をしていたので、あとになってから正確に思い出すのは難しい）。あたりはずっとしんとしていた。それからメキシコ人がミセス・フェイヴァーを前に押し出すようにして、開けた場所に出てきた。彼女の両手は縛られ、犬を散歩させるほどの長さのロープで首を繋《つな》がれていた。そのロープの端をメキシコ人が持っていた。

彼は、砕鉱場から延びている、鉱石を運ぶカートの軌道のところまで女を連れてきて、そこに座らせた。そして膝をつき、ロープをレールに結びつけた。そうしながら、彼は終始ミセス・フェイヴァーの陰に隠れる位置に自分を置いていた。それから右の肘《ひじ》を脇腹に押しつけたまま、左側のコルトを抜いた。そして十ヤードばかり上にある小さな小屋に向けて走った。

それから彼は我々を驚かせた。その小屋を遮蔽物として利用しながら、もと来たところに戻るかわりに、砕鉱場までのおおむね開けた土地を長く走り抜けたのだ。

つまりこういうことになる。メキシコ人は四十ヤードばかり下の左手にいる。ミセス・フェイヴァーはまっすぐ下の正面にいて、そこに座っている姿が小さく見える。距離は八十ヤードくらい。彼女は私たちのいる小屋をじっと見上げている。

メキシコ人が走り抜けている間に、アーリーがライフルを手に出てきて、南行きの道路の方に徒歩で移動した。何をするつもりなのか、それほど長く考える必要はなかった。我々の背後に回り込もうとしているのだ。そして——我々がそれを使いたがっているかどうかは別として——裏の逃げ道を塞《ふさ》いでしまおうという魂胆だ。

ラッセルの考えも同じだった。彼はまだ窓際《まどぎわ》にへばりついて、メキシコ人の潜む砕鉱場の角を見張っていた。マクラレン嬢が尋ねた。アーリーはどこに行くつもりかしら？「背後だ」とラッセルは、砕鉱場から目を逸《そ》らせることなく言った。メキシコ人はまだちらりとも姿を見せていない。

ドクタ・フェイヴァーはそのときにはもうひとつの窓の前にいて、妻の姿を見下ろしていた。不思議なことだが、彼がそこにいるあいだ、他の誰もその窓には近寄ろうとしなかった。まるで彼と奥さんとを二人きりにしておこうというみたいに。しかし彼は長くそこに留まってはいなかった。窓際を離れ、葉巻に火をつけて座り込んだ。きっと何かを考えたかったのだろう。

そこでようやく、マクラレン嬢とメンデスと私がその窓の前に行った。そしてあとの時間のほとんどずっと、我々はそこから動くことはなかった。もちろん我々はミセス・フェイヴァーを見続けていた。

ブレイデンの言ったことが思い出された。「おまえらが協議をしているあいだ、女の姿をたっぷり拝ませてやるよ」と。彼には前もって計画ができていたのだ。

彼女は鉱石運搬カートの軌道のあいだに座って、ほとんどの時間こちらを見上げていた。彼女はまっすぐな姿勢では立ち上がれないのだということが、ほどなく我々にはわかった。首に巻かれたロープにはそれだけの長さはなかった。前屈《まえかが》みの姿勢をとって立つことはできたが、それが精一杯だった。しばらくのあいだ彼女は、軌道に結びつけられたロープの端をほどこうと試みていたが、メキシコ人はずいぶん固くそれを縛ったらしく、うまくいかなかった。

そのように彼女は屋根のないところにただ座り込み、太陽はじりじりと中空に上っていった。彼女は時折髪を顔から払い、スカートの上の何かをつまんで捨てた。こちらを見上げる顔つきから、彼女が何を考えているかが我々にもわかった。それでも彼女はずいぶん冷静な態度を保っており、一度も泣いたりはしなかった。そして彼女がまったく水を与えられていなかったことを、我々はほどなく知らされた。

それがわかったのは、メキシコ人がラッセルに向かって挑発の言葉を投げかけてきたときだった。

彼は砕鉱場の角から大声で怒鳴った。一瞬ちらりとその頭の一部が見えた。「よう、オンブレ《あんた》！ あの女はどうだね？……あの女がほしいか？……あんたにくれてやるぜ！」。そのような類《たぐい》のことだ。

ジョン・ラッセルは返事をしなかった。スペンサー銃の銃床に顔を押しつけただけだった。銃の照星は砕鉱場の角にぴたりと合わされていた。

メキシコ人は少し間を置いた。それから怒鳴った。「もしほしいのなら、オンブレ、急いだ方がいいぜ！　太陽の下じゃ何もかもすぐに干からびちまうからな！」

時刻は午前十時頃だった。もう少し早かったかもしれない。

それからメキシコ人が怒鳴った。「よう、ちょいと出てきて、女に水をやったらどうかね？　彼女は水を飲んでないんだ……昨日の朝からずっとな」

彼の姿が見えた。身体《からだ》のほんの一部が建物の角のところに。ずどん、とスペンサー銃が火を噴いた。メキシコ人の顔があったところの板がぴしっと砕けるのが見えた。

あたりはその後しばらく静まりかえっていた。ラッセルが相手を仕留めたのだろうかと思ってしまうくらい長く。その長い静けさの中でマクラレン嬢は言った。「あの女の人はまったく水を飲んでいないのよ」。そしてラッセルに向かって「彼の言ったことが聞こえた？　昨日から水を飲んでいないのよ」

ラッセルはまだ建物の角をじっと睨んでいた。マクラレン嬢は彼から目を離さなかった。「だからあなたは彼を殺したいわけ？」と彼女はそこで言った。「彼を黙らせるために？　彼女の話を聞かされなくてもいいように？」

私は彼女をなだめようと、その腕に手を触れた。しかし彼女はそれを振り払った。

「こちらが仲間割れしちゃまずい」と私は言った。

「私たちはみんな同じ側にいるってわけ？」と彼女は言った。「あなたはほんとにそう思うの？」

「だって、ぼくらはここに一緒に座っている」

彼女はもう一度ラッセルを見た。「この人は一万二千ドルという他人のお金を手に、ここに座っている。そしてあの奥さんはまるで動物みたいに、炎天下に紐《ひも》で縛り付けられている」、彼女は私を見た。誰かがここで何かをしなくてはいけない、という風に。

「で、君は彼に何をしてほしいんだ？」

マクラレン嬢はそれにはまったく答えなかった。メキシコ人は再び怒鳴り始めた。そして彼がまだ元気なことを我々に教えてくれた。「よう、オンブレ」と彼は呼びかけた。「目に木屑《きくず》が入っちまったじゃないか！……ここまで来て取り出すのを手伝ってくれよ！」。まったくの話、撃たれるのが滑稽《こっけい》なことだと思っているみたいな口ぶりだった。

彼はそれを続けた。ときどきラッセルに大声で話しかけ、彼を挑発して外に引っ張り出そうと試みていた。アーリーの立てる物音も何度か聞こえた。石が上から落ちてきて屋根に当たった。アーリーはまだウィスキーの酔いがまわっていて、ふざけているのかもしれない。あるいはただ、自分はそこにいるから下手なことはしない方がいいと、我々に教えているのかもしれない。

マクラレン嬢はしばらく沈黙を守っていた。気持ちが落ち着いたのだと私は思った。靴の片方の踵《かかと》がとれかけていて、彼女はそれをいじりまわし、踵をひねり取ろうとしていた。背中を丸めるようにして座り、頭を垂れているミセス・フェイヴァーを見ているあいだでさえ、その手を休めなかった。マクラレン嬢はそれほど長く彼女を見ていることができなかったのだ。いつまでも靴をいじり回していることもできなかった。

彼女はラッセルの方に目をやった。そしてとうとう彼のところに行って、彼の隣に膝をついた。ラッセルはそこに座り込んで、煙草《たばこ》を吸っていた。スペンサー銃は窓枠に並べた精鉱の袋の上に据えられていた。

「彼らにお金を渡すべきよ」と彼女はとても静かに言った。「それはわかっているでしょう」

彼は娘を見た。それもちらりと見るというのではなく、その茶色く日に焼けた顔を、時間をかけてじっくりと見た。

「あんたがあいつに水をくれてやらなくてはならなかったようにか?」とラッセルが言った。ドクタ・フェイヴァーのことを言っているのだ。

「それはもう終わったことよ」、彼女は少し気色ばんだ。

「あいつもあんたに同じことをしたと思うか？」

「誰かがしたでしょうね」

「どうしてそんなことがわかる？」

「それくらいわかるわ。人と人は助け合うものよ」

「人と人は殺し合いもする」

「それは目にしたわ」

「これからもっと目にすることになる」

「ここに閉じ込められているのが私のせいだと言いたいのなら、さっさとそう言えばいいでしょう」とマクラレン嬢は言った。「そうすれば気分は良くなるかもしれない。でもそれで何かが変わるわけじゃない」

ラッセルは首を振った。「おれが知りたいのは、なぜあんたがあいつを助けたかということだ」

「なぜなら彼は助けを必要としていたからよ！　彼が助けるに値するかどうかなんて、そんなこと考えもしなかったわ！」

彼女は癇癪《かんしゃく》を抑え、声を半分ほどに抑えた。「あの女の人には生きる必要があるというのも同じ。彼女がそれに値するかどうか、それは私たちの決めることじゃない」

「おれたちには彼女を助けるしかないと言いたいのか？」

「他に私たちに、何か選択肢はあるわけ？」

ラッセルは肯いた。「彼女を助けないという選択肢だ」

「そしてそのまま死なせる」、マクラレン嬢はじっと彼を睨み続けていた。

「それはブレイデン次第だ」とラッセルは言った。「もうひとつ我々が考えなくてはならないことがある。もし我々が金を渡さなければ、あいつはそれを取りにここまで来なくちゃならないということだ」

マクラレン嬢はまた感情を爆発させそうになった。「あなたはお金のために人の命を犠牲にするわけ？　それがあなたの言ってること？」

ラッセルは煙草を巻き始めた。そのかたちを整えながら、窓から砕鉱場に目をやった。それからまたマクラレン嬢を見た。「あの女のところに行って、人の命についてどう思うか訊《き》いてみろ。肉がなくなったとき、サン・カルロスで人の命がどれほどの価値を持っていたか、訊いてみるといい」

「それは彼女のせいじゃない」

「汚いインディアンは犬の肉まで食べると彼女は言った。覚えてるか？　どんなに腹が減っても犬の肉は食べられないとあの女は言った」。全員が彼を見ていた。彼は煙草に火をつけ、煙を吐いた。「今なら犬が食べられるかどうか、彼女に訊いてこいよ」

「それが理由なのね！」とマクラレン嬢は言った。それですべてが呑《の》み込めたというように。「貧しく、お腹《なか》を減らした気の毒なインディアンたちを彼女は侮辱した。だからあなたはあの人を見殺しにしようとしている！」

ラッセルは首を振った。「おれたちは人の命の話をしているのだ」

「もしここにお金がなくても、何ひとつ得るものがなかったとしても、あなたはあの人を死なせるんだわ！」。マクラレン嬢の顔は怒りに燃え、今にも爆発しそうだった。「インディアンは汚らしくて、動物も同然だと考えているからという理由で、あなたはここでじっと手をこまねいて、あの人を死なせようとしている！」

ラッセルは煙草を口の近くに持ち、彼女を見ていた。「そんなことを並べ立てても腹が立つだけなのに、なぜ話す？」

「そのことについて話したいからよ」と彼女はやり返した。「人間の命にどれくらいの価値があるか、私に訊いてほしいわ……汚らしいアパッチの命にね。さあ、訊きなさいよ。私の家から私をかどわかして、一ヶ月以上連れ回したやつらのことを。彼らがおこなった汚らしい行為のことを。男たちがまわりにいないときに女たちがやったことを。私たちが逃げ回っていなくて、でもどこかにじっと潜んでいたときに、男たちが暇にあかせてやったことを。そういうのがどんなことだったか、私に訊いてみればいいでしょう。さあ、いいから訊いてごらんなさいよ！」

彼女は身を固くしたまま、そこに膝をついていた。彼が少しでも動いたら飛びかからんばかりに見えた。しかし彼女としては、今口にしたことを彼に向かって語るということに、ただ意識を集中させていただけなのだ。

彼女の中に溜《たま》っていたものがそっくり外に抜け出てしまったようだった。そこにいる全員もう緊張がとけていたと思う。彼女は力なく後ろ向きに座り込んだ。ラッセルを見るのをやめ、何かを深く考えながら、自分の靴の緩んだ踵を見下ろし、それをいじっていた。

次に彼女はこう言った。「家族にはもう二ヶ月近くも会っていない……弟にも。弟と私だけが家に残っていたの。弟は逃げたけど、そのあとどうなったのか私にはわからない。捕まったのか、あるいは……」

彼女はもう一度目を上げてラッセルを見た。すべての柔らかさが彼女からあっという間に消えてしまった。また最初からすべてが始まろうとしているかのように。「彼らは八歳の人間の命をどう思うわけ？」と彼女は言った。「自分を守ることもできない小さな子供も、ただ殺しちゃうわけ？」

ラッセルはずっと彼女から目を逸らせていなかった。煙草はまだ顔のそばに上げられていた。「もし彼らが欲しいと思わなければな」と彼は言った。そしてなおもじっと彼女を見ていた。

それで話は終わった。痩《や》せた小さな十七歳の少女にしては、彼女は大抵の大人の男たちよりタフだったし、そのことはもうわかっていただけるだろう。しかし彼女は時間を置かなくてはならなかった。再びラッセルに挑み掛かる気持ちはじゅうぶんあったと思う。しかし言葉が出てこなかった。まず最初に目が潤《うる》んできた。彼女は顎《あご》を震わせないように、泣く声を聞かれないようにつとめながら、そこにじっと座り込んでいた。しかしそれでも、涙を溜《た》めた目でじっとラッセルを見続けていた。他に言いたいことがあれば言ってみろという顔つきで。

ちょうどそのときに（我々はそれでむしろほっとしたのだが）、メキシコ人がまた声をかけてきた。「おい、聞こえるか？」と彼は怒鳴った。ラッセルは振り向いて、スペンサーの銃身の先を見た。メキシコ人は姿を見せておらず、彼の声は少しばかり遠くから聞こえてくるように思えた。でも彼がそこにいるのは確かだった。

「ここまで降りて来いよ」とメキシコ人は言った。「おまえにやりたいものがある」

ラッセルの方にも相手にやりたいものがあった。もし相手が顔の一部でも見せれば。

「よう！」とメキシコ人が叫んだ。「二人で出て行こうや。そして話し合おうぜ！」

彼は待った。

「あんたは自分の武器を持ってくればいい。おれは自分のを持っていく。いいか？」

彼の言葉はひとつひとつ峡谷にこだまして、戻ってきた。

「なあ、オンブレ、あんたの名前は知らんが——よう、聞こえてるのか？」

そのあと彼は言葉を続けたが、それはここに記さない方がいいだろう。マクラレン嬢と同席している私としては、身の置き場のないようなひどい言葉だった。彼はラッセルを侮辱し、小屋から引っ張り出そうとしていたのだが、その効果のほどは、樹《き》の切り株に向かって話しかけるのと変わらなかったと思う。ラッセルはそこに座って、メキシコ人が姿を見せるのを待ち受けていた。そんなことは起こらなかったが。

ラッセルがマクラレン嬢に向かって口にしたことが、私の中で引っかかっていた。だから私は彼に尋ねた。もし金がほしければ、連中はここまで来なくてはならないというが、彼らはじっと待っていればいいだけではないか？　我々の水はやがて尽きてしまう（水は一クォート半しか残っていなかった）。そうなれば我々はお手上げだ。

やつらの水も尽きる、とラッセルは言った。でも彼らはどこかに取りに行くことができるだろう、と私は言った。

デルガドのところにか、とラッセルは言った。誰がそこに行く？ 我々の背後にいるやつか？ メキシコ人か？ そうしたら誰が我々を見張る？ それはない、とラッセルは言った。遅かれ早かれ連中はここを攻めてこなくちゃならない。やつらにもそれはわかっている。

それはそうかもしれない、と私は言った。しかしフェイヴァーの奥さんはその前に死んでしまうだろう。ラッセルはそれには返事をしなかった。

午後二時頃に、フェイヴァーの妻は悲鳴を上げ始めた。

その頃には暑さはもう耐え難いものになっていた。一陣の風も吹かず、空には一片の雲も浮かんでいなかった。太陽はじりじりと照りつけ、まさに煮えたぎっていて、それが中空のどの辺にあるか見上げることさえできなかった。

フェイヴァーの妻は斜面のいちばん下あたりにいて、陽光を遮る帽子もかぶり物もなく、あたりには逃げ込むべき日陰もなかった。前にも述べたように、彼女の近くには小さな小屋があった。しかし彼女の首に結ばれたロープの長さは、彼女にまともに立ち上がることさえ許さなかったし、ましてやその小屋まで行くことなどまったく不可能だ。彼女はロープをほどくこともあきらめていた。

ずいぶん長いあいだ彼女は背中を丸めていた。持ち上げられた膝に置いた腕の中に、顔を埋《うず》めるようにしていた。でも彼女はやがて我々の方を見上げるようになった。メキシコ人にそこに縛りつけられた当初と同じように。そして彼女は今では、間を置きながら、夫に向けて必死に叫んでいた。まず最初に夫の名を声に出して。

「アレックス！」と彼女は呼びかけた。しかしその声は引き延ばされ、弱々しく霞《かす》んでいった。本当の悲鳴になるには、その声は鋭さと大きさに不足していた。

「アレックス……助けて！」、その声は遥《はる》か遠方から聞こえてくるようだった。発せられる言葉のこだまだけを聞いているみたいに。何しろ彼女は昨日からまったく水を口にしていない。声を出せるだけでも大したものだ。

彼女が叫び出すとドクタ・フェイヴァーは身を起こし、そちらをしばし見下ろしていた。彼が何を考えていたのか、私にはわからない。妻のことを哀れに思っていたのかどうか、それすらわからない。その表情は微塵《みじん》も変化を見せなかったからだ。彼の目はただ何かをぼんやり見ているだけだ。叫び返しもしないし、何か言葉を発するのでもない。

世間にはとても巧妙に感情を奥に押し隠すことのできる人がいる。だから私はドクタ・フェイヴァーに関して判断を下すことを差し控えたい。彼と奥さんが二人だけでいるときの姿を思い浮かべ、彼らはこれまで膝を交えて何かを親密に語り合ったことがあったのだろうか、あるいは二人で仲睦《むつ》まじく暮らしていた時代があったのだろうかと、ふと考えてしまったことを記憶している（彼女は彼にとってただの一人の女に過ぎなかったのだろうと、私は思わないわけにはいかなかった。要するに、ただ便宜上そばに置いておくための女だったと）。二人きりでいるときに、彼女が夫をアレックスと呼ぶところを想像してみた。しかしその響きはどうも耳に馴染《なじ》まなかった。彼のような人間がファースト・ネームを持っているということ自体、何かうまくそぐわないのだ。とりわけアレックスとか、アレグザンダーとかいった名前を。

しかしその声はとにかく聞こえてきた。広々と口を開けた峡谷の奥の方から、とても細く。「アレックス……」。夫はただそこに座って、妻の姿を見下ろしていた。顎《あご》髭《ひげ》をさわる以外にほとんど身体を動かすこともなく。彼は顎の下に生えた髭を、指の背中でそっと撫でていた。

一度彼女は立ち上がった。立ち上がれるところまで高く。そしてこれまでになく大きな声で彼の名前を叫んだ。「アレックス！」。今回、その声は鋭くクリアだった。そして跳ね返ってきたこだまは、その響きを耳にするものに鳥肌をたてさせた。それからもう一度。私はその叫びを、これからの人生において、日々耳にすることになるだろう。

「アレックス……お願い。助けて！」。それらの言葉は発されて孤独な響きとなり、こだまして無の中に吸い込まれていった。

四人の人々と共に部屋の中にいて、何ひとつ音が聞こえないというのは、奇妙なものだった。全員がそこにただ黙して座り込んでいた。そしてフェイヴァーの妻が次の叫びを発するのを待っていた。おそらく二分ばかりが過ぎた。あるいはもう少し長かったかもしれない。それはもっと長く感じられた。あたりはあまりに静まりかえっていたので、その音が聞こえてきたとき——それはマッチが擦られ、火がぽっと燃え上がる音だった——全員がはっと顔を上げ、ジョン・ラッセルの方を見た。

彼は煙草に火をつけ、マッチを振って火を消し、それを肩越しに窓の外に放り捨てた。

マクラレン嬢はメンデスと私が陣取った窓の近くにいたのだが、じっとラッセルを睨み続けていた。彼の何ものにも乱されない態度が、どれだけ彼女の神経を苛立たせているかが見て取れた。彼以外の誰かがそこで煙草を吸っていたとしても、それはまったく問題なかったと思う。しかしラッセルの場合はそうはいかない。彼がマッチの火をつけたことが彼女の怒りを再燃させた。彼を見る娘の目つきから、状況がまさに一触即発であることが見て取れた。私はなんとか話をそらせようとした。

私は言った。「ずっと考えていたのだけれど」——実は何も考えてなんかおらず、それはその場の思いつきに過ぎなかったのだが——「あたりが暗くなったら、二人ほどで下に降りていって、彼女を助け出したらどうだろう？ ここまで連れてきても、向こうからは見えないはずだ」

「でも音が聞こえたら——」とメンデスは言った。

「暗くなる前に彼女は死んでいるわ」とマクラレン嬢は言った。

「そんなことはわからないだろう」と私は言った。

「それまで待って、生きてるかどうか確かめてみるってわけね？」

「他の可能性もある」と私は言った。「ブレイデンもまた彼女を見ている。この手がうまく行かないと思い知るか、彼女のことが気の毒になるかしたら、メキシコ人をやって、彼女を連れ戻させるかもしれないだろう」

「あなたはずいぶん都合良くものを考えるのね」とマクラレン嬢は言った。

「可能性はある」

「彼が人間に変貌《へんぼう》するか」、彼女は煙草を吸っているラッセルを見た。「あるいはこっちの彼が変貌したその暁にはね。それ以外に彼女の命が助かる道はないわ」

ラッセルは彼女をじっと見ていた。しかしちょうどそのとき、メキシコ人が砕鉱場の裏から声をかけた。ラッセルは振り向いて、スペンサーの銃身を見やった。

「よう、オンブレ！」とメキシコ人が怒鳴った。それからスペイン語に英語を交えて一連の表現が続いた。おそらく英語のそれに負けず劣らず、スペイン語の表現も卑猥《ひわい》きわまりないものであったのだろう。「ここまで降りてきて、おれとまともに顔を合わせろや！」

少なくとも一分間、ラッセルはスペンサーの銃身を睨んでいた。またこちらに向き直ったとき、彼は煙草を吹かし、それを窓から放り捨てた。手が下に降ろされ、隣にあるサドルバッグに触った。彼はそれを持ち上げ、重さを確かめた。それを少し振ってから放り投げた。それは部屋の真ん中の床にどすんと落ちた。

「あんたたち、彼女を救いたいか？」とラッセルは言った。彼はメンデスを見て、私を見て、それから私から数フィート離れたところで壁にもたれて座っているドクタ・フェイヴァーを見た。「誰かあそこまで降りていって、彼女を救いたいか？」

誰も答えなかった。

「行きたいものがいれば、行くがいい」とラッセルは言った。「しかし最初にひとつだけ言っておく。いったん下に降りていったら、ここにはもう戻れない。バッグをそこに置いて、女をここまで連れて上がろうとしたら、あいつらは両方を殺すだろう」

マクラレン嬢はじっと彼を見ていたが、少しだけ身を前に傾けた。「つまりあなたは何があってもこのお金を渡したくないっていうことね」

「二人とも殺されるだけだ」とラッセルは言った。「おれが言ってるのはそういうことだ」。マクラレン嬢が更に何かを言い出す前に、彼はドクタ・フェイヴァーの方に目をやった。

「あれはあんたの奥さんだが」とラッセルは彼に言った。「あそこまで行って、縛《いまし》めを解いてやりたいと思うか？」

ドクタ・フェイヴァーは頭を少し垂れ、ラッセルを見ていた。しかし一言も発しなかった。

ラッセルはじっと待った。みんなが決まり悪くなって、ドクタ・フェイヴァーの方に目を向けられなくなるくらい長く。それからようやく彼は我々の方を向いた。

「ミスタ・メンデス」と彼は言った。「あんたは彼女を救いたいか？……あるいはミスタ・カール・アレンは？　たしかそんな名前だったな。あんたは歩いてあそこまで降りていきたいか？　その男には行く気がない。あそこにいるのは彼の奥さんだというのにな。奥さんがどうなろうとかまわんらしい。しかし他の誰かが行きたくなるかもしれない。どうかね？　おれはそいつが知りたい」

彼は次にマクラレン嬢をまっすぐ見て、そして言った。「おれはあんたの名前をまだ聞いてないと思う。しばらく一緒にいたというのにな。そうだろう？　なのにまだあんたの名前を知らない」

「キャスリーン・マクラレン」と彼女は言った。彼の言葉は彼女をびっくりさせたに違いない。それ以外に何も言わなかったところをみると。

「よろしい。キャスリーン・マクラレン」とラッセルは言った。「あんたはあそこに降りていって、彼女を縛っているロープをほどき、またここまで上がってこようとして、その途中で背中を撃たれたいか？　あるいは砕鉱場にいるやつに撃たれれば、正面に弾を食らうことになる。正面か背中か、それほどの違いはないが」

彼女はじっと彼を見ていたが、言葉は発しなかった。

「ここに金はある」と顎でサドルバッグを示しながらラッセルは言った。「持っていけ。あんたは彼女のご亭主よりも、あの女のことを気にかけている。あんたは言う。おれの言っていることとなんてあてにならないか、あるいはまったく真実を告げていないと。じゃあ、自分で行って、そこでどんなことが起こるかを確かめてくるといい」

それからラッセルは奇妙なことをした。彼は自分のアパッチのモカシン靴を脱いで、それをマクラレン嬢の方に放ったのだ。

「そいつを履け」と彼は言った。「やつらが撃ち始めたとき、その方が速く走れるだろう」

ラッセルは自分の毛布を開いてブーツを取りだし、それを履いた。彼がそうしているあいだ、マクラレン嬢はずっとその男を見つめていた。しかし何も言わなかった。

そしてラッセルが顔を上げてもう一度娘を見たとき、彼女は彼と一瞬だけ目を合わせ、それから顔を背けた。

もし誰かの助けがなければ、一人の女が死ぬ。それは間違いないところだ。しかし彼女を助けるために自分が命を落とすとなると、これはまた別の話になる。ラッセルが私に面と向かって言ったことを、私はずっと考え続けていた。「……あんたは歩いてあそこまで降りていきたいか？」

いや、行きたくはなかった。それは今ここで進んで認めよう。金を持って下に降りてきた人間がいたら、それが誰であれブレイデンは撃つだろう。そのときまでには、我々全員がそれを信じるようになっていたと思う。そう、マクラレン嬢でさえ。

いちばんの良策は、ここにじっと留まり、何が起こるか様子を見ることだと、私は心を決めた。ミセス・フェイヴァーという一人の女性の命が危機に瀕《ひん》しているときにそんなことを言うのは、恐ろしいことに聞こえるだろう。しかし私にははっきり断言できる。他人の命よりは、自分の命のことを考える方が簡単なのだ。人がどれほど勇敢になれるかなんてどうでもいいことだ。

そしてまた進んで認めよう。そこにドクタ・フェイヴァーがいたせいで、私の良心の呵責《かしゃく》が軽減されたことを。もし誰かがそこに降りていかなくてはならないとしたら、それは彼だった。しかしその男には行く気はなかった。それは何よりも明らかだった。

さらに時間が経過した。我慢強く、また我々と同じくらい時間をたっぷり手にしていたメキシコ人は、時折ラッセルに向けて大声で話しかけた。ラッセルは、メキシコ人が彼を侮辱するたびに、あるいは彼を外に引っ張り出そうと試みるたびに、スペンサー銃により長く自分の顔をぴたりと押しつけていた。ラッセルがメキシコ人を仕留めたいと強く望んでいることが傍目《はため》にも見て取れた。ずいぶん時間が経過し、もうメキシコ人が声をかけてこなくなってから、ラッセルはこちらを振り向き、壁に背中をもたせかけ、煙草を巻いた。そのあとで彼が煙草の袋を窓から投げ捨てるのを、私は目にした。それが彼にとっての最後の煙草だった。しかしまだ火はつけなかった。

長い時間、我々はそこに座っていた。誰も口をきかなかった。ラッセルは何かを考えていた。あれこれ案を練り、それによってどのような結果がもたらされるかを頭の中に思い描いているのだろう。そうに違いないと私は思った。

四時頃になって、フェイヴァー夫人は再び夫に向かって叫び始めた。こちらに届くその声は前ほど大きくはなかった。しかしそれを聞いていると、まさに身を切られるような思いがした。彼女は夫の名前を呼んだ。そのあとに続く言葉は不明瞭《ふめいりょう》でよく聞きとれなかったが、どうやら助けてほしいと夫に懇願しているようだった。

小屋の中にじっと座って、峡谷に力なく響く「アレックス――」という叫びを、我々は聞いていた。その名前は長く引き延ばされ、多くの場合もう一度口にされた。そのあとの言葉はもう、長い苦悶《くもん》のうめきとしか聞こえなかった。

ラッセルが立ち上がったとき、あたりは静まりかえっていた。彼は窓の外に目をやった。長い時間ではない。一分程度だ。それから食料品袋のあるところに行って、それを手に取った。中にあった僅《わず》かな肉とパンとコーヒーを出して袋を空っぽにし、それを持って窓の前に戻った。窓枠に置いた精鉱の入った袋をひとつ取り、それを食料品の入っていた袋に入れた。誰も動かなかった。みんなはただラッセルを注視していた。彼はそこでやっと最後の一本の煙草に火をつけた。そしてとてもゆっくりと、注意深くその煙を吸い込んだ。我々はじっと彼を見ていた。彼を信頼していたというのではないにせよ、それでも彼がこれから何かにとりかかるつもりであることはわかった。

「助けが必要だ」とラッセルはまっすぐ私を見ながら言った。彼が何を言っているのかわからず、私はじっとそこに座っていた。「ここに来い」と彼は言って、窓の方を顎で示した。

私はそこに行った。急ぎはしなかった。何のことだかわからないという顔で、じっと彼を見ていた。しかし彼は説明をしなかった。ただもう一度同じ仕草をしただけだった。私はそこに膝をついた。我々のあいだにはスペンサー銃の銃床があった。ラッセルはそこに手を置いた。

「これの撃ち方を知っているか？」

「よくは知らない」と私は彼に向かって顔をしかめた。

「親指でトリガー・ガードを押し下げる。それで空の薬莢《やっきょう》がはじき出され、新しいのが装塡《そうてん》される……わかるか？　今はもう装塡されている。たぶん一発でことは足りるだろう」、そしてほとんどつぶやくように付け加えた。「ああ、一発でことが足りることを切に望んでいるよ」

私は言った。「あいつらを撃てということか?」

「砕鉱場の陰にいるやつだけでいい」、ラッセルは窓の外に目をやった。「そいつは出てきて、女のそばにある小屋の前を通り、あんたに背中を向けて立つだろう。小屋から少しこちらに向けて上がったところに。そこで、いいかそこでだぞ、その男に照星を合わせるんだ」

「言っていることがよくわからないんだが」と私は言った。

「わからないことがどこにある?」、彼の声にはいささかの驚きが混じっていた。あくまで物静かで辛抱強いものではあったが。「やつが銃に手を触れたら、撃て」

「でも」と私は言った。「背中を?」

「後ろを振り向けとやつに言ってやろうか」とラッセルは言った。

「そうじゃなくて」と私は言った。「私がわからないのは、これからいったい何が持ち上がろうとしているかということだ。そのことを言っているんだよ」

「見ていればわかる」とラッセルは言った。それから少し考えていた。「おそらくその他にも、あんたには見届けなくてはならないことがある。この金だ――これはサン・カルロスに届けられなくてはならない」

「ねえ、もし君がきちんとした説明を――」

彼は私の腕に手を触れた。「誰かがその金をあとでサン・カルロスに運ばなくちゃならないとすれば、それはたぶんあんたの役目だ。簡単だろう、なあ？」

私はただじっと彼の顔を見ていた。「金を自分のものにするつもりはなかったってことか？」

彼はただ私を見ていた。疲れたという顔で。あるいは、今更そんなことを説明して何になる、という顔で。

ラッセルは帽子をかぶった。まっすぐかぶり、少しだけ目の上に下ろした。食料品袋を手に取り、左の肩にひょいと担《かつ》いだ。我々全員が彼を見ていた。マクラレン嬢は身動きひとつしなかった。

彼女はじっと見つめていたが、やっと言った。「あなたが行くのね」。ただそれだけしか言わなかった。

ラッセルは少し肩をすくめるような動作をした。「やってみるしかなかろう」

「あなたがそこに持っているのがお金じゃないと、もしあいつらが思ったら？」

「連中はやってきて、それをたしかめる」とラッセルは答えた。

「かもしれない」とマクラレン嬢は肯《うなず》いた。「でもそうするとは限らない」

「きっとそうするさ」とラッセルは言った。

マクラレン嬢はじっと彼を見続けていた。どうしてそんなことをする気になったのか、尋ねたかったのだろうと思う。しかしラッセルはそのときにはもうメンデスの方を向いていた。「あんたはこのドクタ・フェイヴァーを見張っていてくれ。今回はしっかりとな」と彼は言った。

メンデスはスペイン語で何かを言って、ラッセルも肩をすくめながら、スペイン語でそれに答えた。メンデスは息をするのも恐ろしそうに見えた。ラッセルはドクタ・フェイヴァーの方を向いた。全員に対して何かひとことがあるようだった。

「あんたもさんざん苦労したのにな、なあ？」

ドクタ・フェイヴァーは無言だった。自分について何が言われようと、どう思われようと、彼にとってはもうどうでもいいことのようだった。彼はそこに座ってじっとラッセルを見上げていた。まわりを赤みを帯びた髭に囲まれた、彼の青ざめた丸い大きな顔には、表情はほとんど浮かんでいなかった。このジョン・ラッセルという男は神が創《つく》りたもうた最も愚かしい男だ、たぶん彼はそう考えていたのだろう。

我々はラッセルを注視していた。たぶん彼が本当にそこに降りていくということが、我々全員にうまく呑み込めていなかったのだろう。そしてそれを信じるには、自分の目で見届けなくてはならなかった。

彼が戸口にいるときに、マクラレン嬢が彼のモカシン靴を取り上げ、彼の方に放った。「それを履いて」と彼女は言った。「やつらが撃ち始めたとき、その方が速く走れる」

それが彼女のやったことだった。靴を返し、ラッセルがさっき口にした言葉をそのまま繰り返したのだ。静かにそう言って、相手の反応を見た。

微笑がラッセルの顔に浮かぶのが見えた。それは裏のない率直な微笑だった。たとえ帽子をかぶっていても、その瞬間の彼はごく普通の若者に見えた。

ラッセルは片手をドアに置いて立ち、肩越しに振り返ってマクラレン嬢を見た。彼女だけを見た。

「いつかあんたとゆっくり話してみたい」と彼は言った。

「いつか」とマクラレン嬢は返事をした。彼女もまた、彼のことを同じように真剣なまなざしで見ていた。彼の中にある、前には見られなかったものを見ようとするかのように。「ものごとが落ち着いたときに」と彼女は言った。

彼女にはもっとたくさん言いたいことがあるように見えた。しかしそれ以上何も言わなかった。

ラッセルは肯いた。彼の不思議なまでに淡いブルーの瞳《ひとみ》は、その少女に向けられたまま動かなかった。「ものごとが落ち着いたときに」と彼も返した。

彼はドアを引いて開け、食料品袋を肩に掛けたまま外に出た。その次にジョン・ラッセルの顔をすぐ間近に見たときには、彼は既に息を引き取っていた。

それほど昔のことではないが、私はベンソンから来た男と話をした。彼の話によれば、当地では今、フランク・ブレイデンと、彼が愛ゆえに拐《かどわ》かした女性についての唄《うた》が歌われているらしい。あなたもきっとその唄が気に入るだろう、と彼は言った。ジョン・ラッセルについての唄は歌われていないのかと私は尋ねた。ジョン・ラッセルって誰ですかと彼は言った。

その日の午後にサン・ペテ鉱山で起こったことは何度も何度も、違った風に書かれてきた（今では唄をも加わった）。そのうちのいくつかを目にした人もいるかもしれない。私がただひとつ言いたいのは、「フローレンス・エンタプライズ」に掲載された記事は真実を伝えているということだ。発射された弾丸の数に至るまで。ただし弾丸の数が正しいからといって、それが真相を十分に伝えているとは限らない（だからこそ私もこのような文章を書く気になったのだ）。そこにはジョン・ラッセルという名前の人物についての記述があるが、それを読んだからジョン・ラッセルについて何かがわかるということにはならない。

私は何も「フローレンス・エンタプライズ」を貶《おとし》めようとしているわけではない。その記事は、何がそこで起こったかを報知するために、一時間かそこらで書き上げられた。私はこの文章を三ヶ月かけて書いた。ジョン・ラッセルという人物の人となりをみんなに知ってほしい、これで彼のことをわかってもらえるだろうと思って。しかし三ヶ月かけて筆を走らせ、考えを巡らせたあとでも、私自身が彼のことをわかっているのかと訊かれると、定かには返答できない。彼がなぜあの斜面を歩いて降りていったのか、その理由はわかるような気がする——というだけだ。

私は窓から彼の姿を見ていた。私は同時にまた、メキシコ人のいるところから目をそらさなかった。ラッセルが斜面を降り始めたのを、メキシコ人は目にしていたはずだ。しかし彼は、ラッセルが斜面の半ばあたりに来るまで、砕鉱場から出てこなかった。

それはラッセルが食料品袋を掲げたときだった。「よう!」とラッセルは叫んだ。メキシコ人がそれまで彼に向かって叫んでいたのと同じように。「目当てのものを持ってきてやったぞ」

メキシコ人は斜面を横切りながら、用心を怠らなかった。ラッセルから一時も目を離さなかった。そのときにはフェイヴァーの妻も彼の姿を認めていた。前屈《まえかが》みになって座り、ばらけた髪を垂らし、彼がやってくるのを見ていた。

ラッセルはメキシコ人の方を見なかった。しかし彼にはメキシコ人が動きだし、自分の先回りをするように斜面を横切ってくるのが、わかっていたに違いない。そのときには、メキシコ人の背中の一部がこちらから見えていた。私は更に低く伏せ、ラッセルに指示されたように、スペンサー銃の照星をしっかりとその男に合わせた。そうしたとき、ひどく嫌な気分になった。

そのときにはおそらく、我々の頭上の尾根に陣取ったアーリーは、銃の照準をラッセルに合わせていたはずだ。

私はメキシコ人が何か行動を起こすのを待ち受けていた。しかし彼は小さな小屋を通り越したところで、動きを遅くした。そしてほとんど動かなくなった。ラッセルから一秒たりとも視線を逸《そ》らさず、右腕の肘《ひじ》は折り曲げられ、その肘は撃たれた脇腹《わきばら》を押さえていた。左手はだらりと下ろされていた。私はそちらの腕をじっと見ていた。スペンサー銃の引き金に指をかけ、もしメキシコ人の手が腰のコルト拳銃《けんじゅう》に伸びたら、すぐに銃撃できる準備を整えて。

メキシコ人は動きを止めた。

彼らはおおむね一直線をなしていたが、メキシコ人は少しだけ左にそれていた。だからこちらから見ると、彼の右側にラッセルの姿が見えた。ラッセルはフェイヴァーの妻に近づいていくところだった。彼女は呼びかけもしなかったし、何か言葉を口にしたようにも見えなかった。彼女はただじっと彼を見ていた。おそらく自分が目にしたものがうまく信じられなかったのだろう。

ラッセルが彼女のところに着いた頃に、フランク・ブレイデンが姿を見せた。

ブレイデンはヴェランダの影の中から出てきた。彼は脚を少し引きずっていた。それを気取《けど》られないように努めているようだったが、その左手はずっと腿《もも》にあてられ、広げた指がその部分をぎゅっと摑《つか》んでいた。

メキシコ人は動いていなかった。私は終始彼に狙《ねら》いをつけていたが、同時にブレイデンとラッセルの方にも視線を走らせていた。ラッセルは、近づいてくるブレイデンにはおかまいなく、女のそばに膝《ひざ》をついていた。ブレイデンは何かを言ったが、ラッセルは顔を上げなかった。

ブレイデンはもう一度呼びかけた。彼は動きを緩め、しっかり準備を整えているように見えた。

ラッセルは立ち上がった。同時にフェイヴァーの妻が立つのを手助けした。彼女を縛っていたロープは既に解かれていた。そして食料品袋が鉱石カートの軌道の反対側に置かれているのが見えた。

ブレイデンがもう一度声をかけたとき、ラッセルとフェイヴァーの妻はまだ数歩しか進んでいなかった。今回ラッセルは立ち止まった。でもフェイヴァーの妻にはそのまま進み続けるようにと合図した。彼女はそれに従った。しかしラッセルがそこに立ってブレイデンと向き合っているのを、振り返って見た。彼女はメキシコ人と同じくらいの高さのところまで上がっていた。メキシコ人は女にはまったく注意を払わなかった。しきりに後ろを振り向きながら斜面を上ってくるせいで、彼女の足取りはだんだん横にずれていった。

気がついたとき、彼女はスペンサー銃の照準の中に入っていた。よろよろとした足取りで歩いていたし、後ろを振り返ることに気を取られ、自分が向かっている先をろくに見ていなかった。おかげでメキシコ人の背後に回り込んでしまったのだ。私は顔を上げ、あやうく彼女を怒鳴りつけそうになったが、それはなんとかこらえた。メキシコ人もやはりその声を聞きつけるだろうから。

私にできることといえば、さあ、そこをどいてくれよ、と心の中で念じ続けることだけだった。頼むからさっさと脇にどいて、火線からはずれてくれ。

ブレイデンは食料品袋に近づいた。彼はその脇に立って、ラッセルに向かって何かを言った。ラッセルは彼から十フィートほど離れたところにいたが、それに返事をした(それがどんな会話であったか、誰にもわからない。ブレイデンはその袋を開けて金を見せろと言ったのかもしれない。疑うのなら、自分で見ればいいとラッセルは返したのかもしれない)。

フェイヴァーの妻は我々のいる方を見上げた。私は立ち上がって腕を振った。しかし私がまさにそうしたとき、彼女はまた後ろを向いてしまった。

立ち上がり、スペンサー銃を窓の横枠にあてて照準を定めても、それでもまだフェイヴァーの妻は火線に入っていた。メキシコ人の姿はほんの一部しか私の目には入らなかった。

私は心の中で、何度も何度も彼女に向かって叫んでいた。頼むからどいてくれ。どちらでもいいから、わきによってくれ。急いで! 今すぐにちょっと動くか、こちらを見上げるか、あるいはそこに座り込むか、、、なんとかしてくれ、、、

でも彼女はそこに立ちすくんで、下でこれから何が起こるのかを見届けようとしていた。そこから動こうとはしなかった。

ブレイデンは左手で一方の腿をつかみながら、ブーツのつま先で袋を立て、その開

口部が自分の方を向くようにした。ラッセルはそれを見ていた。

ブレイデンは片膝をつき（右脚の方だ）、それから手が腿を離れた。そして食料品袋の口を緩めた。ラッセルはそれを見守っていた。

ブレイデンは膝を地面につけたまま、身体《からだ》をまっすぐに起こした。彼はラッセルに何かを言った。何だろう？ 彼に警告を発したのか？ メキシコ人がおまえの背後にいるから、下手な真似《まね》はしない方がいいぞと言ったのだろうか？

ブレイデンの手が食料品袋の中に突っ込まれるのを私は見た。

動いてくれ！ 私は念じた。そこからどいてくれ！

もし時間さえあったなら――

頼むから動け！ 自分の心の発する声を、私は耳で実際に聞き取ることさえできた。

私は棚に沿って走り、ドアの前に駆けつけ、それから外に出た。距離として七ヤード、八ヤード、それとも十ヤードはあったと思う。射撃の角度を変えるため、女に弾丸が当たらないような位置に移るためだ。

しかしブレイデンの手が食料品袋から出されたとき、私は銃を持ち上げて狙いを定めるところまでも至っていなかった。ブレイデンは立ち上がり、リヴォルヴァーに手を伸ばそうとしていた。しかしそれは遅すぎた。ラッセルはコルトを抜き、腕を伸ばして狙いを定め、二発撃った……彼のもう一方の腕は、二発目を打つと同時に上にあがり、まるで背中を蹴《け》られたみたいに前につんのめった。メキシコ人が銃身の長い44口径を抜いて、ラッセルがブレイデンを二度撃つあいだに、三発撃ったのだ。二人はそこに倒れた。ラッセルは四《よ》つん這《ば》いになったが、リヴォルヴァーを構えたままくるりと振り返り、もう一度撃ってきたメキシコ人を撃った。前によろめいたメキシコ人を撃ち、それからふらふらと地面に膝をつき、顔を伏せ、地面に両手を広げたメキシコ人を撃った。そのあいだ更に三発の銃声が聞こえた。間違いなく三発だ。というのは私は、そこで起こったことを頭に思い描くたびに、今でもその銃声を耳にすることができるからだ。その銃声は我々の頭上の尾根から聞こえてきた。アーリーの陣取ったところから。私は後ろを振り向いた、スペンサー銃をほとんど真上に向けた。しかしそこには彼の姿は見えなかった（私の知る限り、それ以来アーリーの姿を見かけたものはいない）。再び振り返ったとき、鉱石運搬カートの軌道のあいだにラッセルがうつぶせに倒れているのが見えた。そのあとに訪れた静寂の中、我々は全員、急いで下に降りていった。

フランク・ブレイデンは胸を二発撃たれていた。左の腿の傷もあった。また左のブーツの向こう脛《ずね》のところに弾丸のかすったあとがついていたが、身体には触れていなかった。フランク・ブレイデンは死んでいた。

メキシコ人は胸を二発、腹を一発撃たれていた。それに加えて、以前に撃たれた脇腹の傷は見たところ、それで命を落としていてもおかしくないくらい深いものだった。彼はそれから一時間ばかり息があったが、自分の名前はどうしても教えなかった。しかし彼はラッセルの名前を知りたがった。

ジョン・ラッセルは背中の下の方に三発を食らっていた。仰向《あおむ》けにしてみると、正面にも二発食らっていることがわかった。首と胸だ。彼はもう死んでいた。

デルガドのところまで馬で駆けつけたのは私だった。ほとんどの道、私は馬を走らせて、駄目にしてしまった。意図的にそうしたのではないが、そうなってもかまうものかという気持ちだった。デルガドは使用人の一人に、スウィートメアリまで保安官補を呼びに行かせた。デルガドと私はワゴンに乗ってサン・ペテに向かった。そこに着いたのは翌朝の未明だった。古い建物の中でコオロギの鳴いている声が聞こえた。その前の開けた土地で焚《た》き火がたかれ、マクラレン嬢とヘンリー・メンデスとドクタ・フェイヴァー夫妻がそこにいた。夜のうち眠っていたのはミセス・フェイヴァーだけだった。メンデスは既に二つの墓穴を掘り終えていた。

デルガドと私は、彼らと共にそこに腰を下ろした。夜が明け始めた頃に、スウィートメアリの町の保安官補であるJ・R・ライアンズが到着した。

彼は死体を検分した。墓穴のそばに置かれたブレイデンとメキシコ人の遺体。そしてワゴンに乗せられたラッセルの遺体。この男のぶんの墓穴も掘ったらどうかね、とJ・R・ライアンズは言った。どうせ死んでいるんだし、同じことだろう。マクラレン嬢は言った。あなたは好きなだけ検分すればいい。しかし余計な意見は口にしなくていい。私たちは彼をスウィートメアリまで連れて帰って、正式に埋葬するのよ。ミサなんかもちゃんとつけてね。もしミスタ・J・R・ライアンズがそれを気に入らなければ、出席する必要はありませんが。

もちろん出席はするよとJ・R・ライアンズは言った。ドクタ・フェイヴァーと彼の盗んだ金が無事に合衆国政府の法執行官《マーシャル》に引き渡されたらね。

(それは実行された。ドクタ・フェイヴァーはその約一ヶ月後にフローレンスの地方裁判所で裁かれ、ユマ刑務所に七年服役することになった。ミセス・フェイヴァーは罪を問われなかった)

ジョン・ラッセルはスウィートメアリに埋葬された。なんだか不思議なことだが、マクラレン嬢もヘンリー・メンデスも私も、葬儀が済むまで彼についてほとんど話をしなかった。そしてようやく話をしたときに、とくに語るべきことがないということに気がついた。

何かを長く目にしていながら、それがどこかに去るか、あるいは消えてしまうまで、本当は何ひとつ見ていなかったのだと気づかされることがある。我々がラッセルを見ていた目も、それと同じだった。あとになって、なぜ彼はあの斜面を降りていったのだろうと疑問を呈するものはいなかった。我々が自らに問うたのは、彼がそんなことをするわけはないと、なぜ思い込んでしまっていたのだろうということだった。

彼が我々一人ひとりに向かって、あんたらにはあそこまで降りていってフェイヴァーの女房を救うつもりはあるのかと尋ねたときの彼の態度には、いくぶん人を小馬鹿《こばか》にしたところがあったかもしれない。でもそのときの彼にはちゃんとわかっていたのだ。そんなことをしようという人間は自分の他にはいないのだと。

あるいはラッセルは多くの局面において、彼という人間について、我々に真相を見せないように仕向けていたのかもしれない。しかし本人がよく言っていたように、それはあくまで我々の自由だった。人はそれぞれにやりたいことをやり、思いたいことを思えばいい――それがラッセルの考えだった。そして自分は煙草《たばこ》を吹かせ、一人静かに思案を巡らせ、そこに私的な思いを混入させないように努めていた。彼は自らのあり方を、終始一貫して変えることがなかった。他のものはみんな、なんらかの意味で変わったわけだが……。そして彼は、なされるべきだと思ったことをそのまま実行した。たとえそれが自らの死を意味するとしてもだ。彼という人間を理解する必要など、あるいはないのかもしれない。彼という人間は、ただそのままを受け入れるしかないのだ。

「ラッセルをよく見ておくんだぞ。この先の人生で、あんな男にはまずお目にかかれないからな」。最初の日、デルガドのところでヘンリー・メンデスはそう私に言った。それがすべてを語っていたのだ。

三時十分発ユマ行き

Three-Ten to Yuma

彼は真夜中少し過ぎに、フォート・ワチューカで囚人を預かった。そして今、早朝の静かな霧の中、彼らはコンテンションの町に近づいていた。馬に乗った二人の男は、ゆっくりと進んでいた。一人が、もう一人の背後についていた。

ストックマン通りに入るとき、ポール・スキャレンは背後の開けた土地にちらりと目をやった。その平らな地平には、湿り気のある霞《かすみ》が毛布のようにかぶさっていた。ワチューカからの一晩の長い旅路のことを彼は思い返した。そして少なくともそこまでの部分がこともなく終わったことを、ありがたく思った。再び前を向いたとき、彼の手は銃身を短く切られたショットガンの上を撫《な》でた。銃は膝《ひざ》の上に置かれている。二人が二つ目のブロックの端近くに来るまで、彼の視線は前を行く男から離れなかった。リパブリック・ホテルの側面の入り口がその向かい側にあった。

彼は囁《ささや》きよりは僅《わず》かに大きな声で言った。朝の静けさの中ではその程度の声で十分だった。「ここが終点だ」

男は後ろを振り向き、好奇の目でスキャレンを見た。「留置所はコマーシャル通りの角だろう」

「居心地の良いところの方が嬉《うれ》しくないか？」

スキャレンは馬から下りて、銃袋からウィンチェスターを出した。そしてホテルの側面ドアに向かった。戸口の、網戸の奥の暗がりに男が一人立っていた。スキャレンが階段を上っていくと、網戸が開いた。

「あんたが保安官《マーシャル》か？」

「そのとおり」、スキャレンの声は穏やかで、感情を欠いていた。「ビスビーの保安官補《デピュティー》だ」

「あんたを待っていた。207号室、角部屋……コマーシャル通りに面している」、彼はその部屋を自慢に思っているようだった。

「あんたがミスタ・ティンピーか？」

戸口に立った男は驚いたようだった。「そうだ、ウェルズ・ファーゴ社の。他の誰だと思ったんだね？」

「あんたは裏手の部屋をとってもよかった。窓のない部屋をね、ミスタ・ティンピー」、彼はまだ馬に乗っている男に、ショットガンの銃口を振って向けた。「ゆっくり馬から下りろ、ジム」

二十代前半のその男は、スキャレンより数歳若いだけだ。彼は鞍《くら》の角の部分に両手を重ねて置いて座っていたが、その角をぐいと握って、身体《からだ》を振るようにして馬から下りた。地面に降りたときにも、両手はひとつに寄せられたままだった。鉄製の手錠が両手のあいだを、鎖三つ分の長さに保っていた。スキャレンはずんぐりしたショットガンの銃身で、彼に戸口に行けと合図した。

「誰かロビーにいるか?」

「フロント係がいる」とティンピーが答えた。「それから玄関ドアの横に、男が一人座っている」

「誰だ、それは?」

「さあ、知らんね。でも寝ている……帽子のつばを目深《まぶか》に下ろして」

「コマーシャル通りには誰かいたか?」

「いや……表には出ていないから」、最初のうち彼は落ちつかないように見えたが、今では苛立《いらだ》っていた。眉《まゆ》をしかめると、その顔はすねた子供のようになった。

スキャレンは物静かな声で言った。「ミスタ・ティンピー、この男が襲ったのはおたくの会社の駅馬車路線だ。あんただって、この男が無事にユマ刑務所まで移送されるのを見届けたいだろう？」

「もちろんだ」、彼の目はその無法者、ジム・キッドに向けられたが、またすぐにスキャレンの方に戻った。「しかしなんでそんなに大騒ぎするんだ？　この男は既に逮捕されているし――判決も下されている」

「しかしユマ刑務所の門をくぐるまでは、収監されたことにはならない」とスキャレンは言った。「護送にあたっているのは私一人なのだ、ミスタ・ティンピー。私はなんとしてもこの男をそこまで連れて行かなくてはならない」

「ああ、参ったな……私は警察官じゃない！　どうしてもっと人を連れてこなかったんだ？　ビスビーの我々の営業所から届いた電報によれば、ホテルの部屋をとって、十一月三日の朝に、あんたをここで出迎えろということだった。臨時の保安官助手になれというような指示は受けていない。そいつはあんたの仕事だろう」

「それはわかっているよ、ミスタ・ティンピー」とスキャレンは言った。そして微笑《ほほえ》んだ。しかしそれは無理にしぼり出された微笑みだった。「しかし私としては、ジム・キッドが今コンテンションの街にいることを、誰にも知られたくないのだ。今日の午後、列車が出発する時刻が来るまでは」

ジム・キッドは愉快そうな淡い笑みを浮かべて、二人の顔を交互に見ていた。そしてティンピーに向かって言った。「誰かが自分に襲いかかってくるんじゃないかと、この人は心配しているんだよ」。そしてスキャレンに微笑みかけた。「あの保安官は、ずいぶん剣呑《けんのん》な品物をあんた一人に託したみたいだな」

「この男は何の話をしているんだ?」とティンピーは言った。

スキャレンが返事をする前に、キッドは話を続けた。「連中はおれをワチューカの留置所に隠しておいた。そこなら誰にもおれに手出しはできないからな……そしてビスビーの保安官はひとつの案を思いついた。彼と何人かの男たちが、ベンソンで昨夜ユマ行きの列車に乗り込んだ。おれに見せかけた陸軍の囚人を連れてな」、キッドは声を上げて笑った。まるでそれが馬鹿《ばか》げた思いつきであるかのように。

「本当のことか?」とティンピーは言った。

スキャレンは肯《うなず》いた。「おおむねその通りだ」

「こいつがなぜそれを知っている?」

「彼には耳があるし、計算できる十本の指もある」

「どうも気に入らんな。なぜ護衛があんた一人だけなんだ?」

「ここからビスビーに至る土地の法執行官は一人残らず、残りの一味を狩り出すために出動している。我々に逮捕できたのは、ここにいるジム一人だけだ」とスキャレンは説明した。そして付け加えた。「生きて逮捕できたのは」

ティンピーはその無法者をちらりと見やった。「ディック・ムーンズを殺したのがこの男か？」

「乗客の一人は、ムーンズを殺した男の顔をはっきり見たと断言した……そして彼は法廷では、キッドをその男だとは証言しなかった」

ティンピーは首を振った。「ディックは長いあいだうちで御者をつとめてくれた。彼の兄がこのコンテンションに住んでいる。弟の死を知らされたとき、彼は半狂乱の状態になった」、彼は躊躇《ちゅうちょ》していたが、もう一度言った。「どうも気に入らんな」

スキャレンの忍耐も切れかけていた。しかし彼は声の高まりを押さえるようにして言った。「私だってとくに気に入っているわけではない。しかしあんたが気に入らなくても、私が気に入らなくても、それで状況が変わるわけではないんだ。保安官は今頃はもうツーソンを過ぎているだろう。いくらでも好きなだけ愚痴を並べていればいいよ、ミスタ・ティンピー。しかしこのことは決して外に洩《も》らさないでもらいたい。ジムには仲間がいる……そして私は衆人環視の中、彼を連れてこの町を通り抜けなくてはならない。連中にそのことを知られるとまずいことになる」

ティンピーはそわそわした素振りを見せた。「どうしてまたこんなややこしいことに巻き込まれたのか、さっぱりわからんよ。私の仕事は法執行機関とは関わりのないことなんだが……」

「部屋のキーは持っているか？」

「ドアにささっている。私が責任を預かっているのは、ここツーソンのあいだの駅馬車便を管理することで——」

スキャレンはウィンチェスター銃を彼に押しつけた。「私が戻ってくるまで、こいつと馬を預かっておいてもらえるとありがたい……そしてあえて言うまでもないだろうが、我々がこのホテルにいることは他言無用だからな」

スキャレンがショットガンを振り、顎《あご》で示すと、ジム・キッドは彼の前に立って、側面のドアからホテルのロビーに入った。スキャレンは彼の一歩後ろについていた。短いショットガンを脚の脇《わき》にぴたりとつけて持っていた。「右手の階段を上るんだ、ジム」

キッドは階段を上がり始めた。しかしスキャレンは立ち止まって、正面近くの安楽椅子《いす》に座った人物をちらりと見た。男は椅子に背中をもたせかけ、手を力なく腹の上に重ねていた。そしてティンピーが言っていたように、帽子をずらせて顔の上半分を隠していた。ホテルの椅子で居眠りをしているだけの男だ。前にもそういうのは目にしたことがあるだろう、スキャレンは自分にそう言い聞かせた。そしてキッドのあとについて階段を上った。いつまでもそこに立って様子をうかがっているわけにはいかない。

２０７号室は天井の高い、狭い部屋だった。窓がひとつあり、コマーシャル通りを見下ろせる。鉄製のベッドがひとつ、部屋の縦に長い壁につけて置かれ、窓の右側まで届いている。反対側の壁には化粧台があり、そこには洗面器と水差しが置いてある。その隣には粗い木材でできた洋服ダンス。塗装されていないテーブルと、二脚の背中のまっすぐな椅子が部屋の残りのスペースを占めていた。

「もしそうしたければ、ベッドに横になっていい」とスキャレンは言った。

「あんたが眠ればいい」とキッドは言った。「おれがショットガンを持っていてやるから」

保安官補は背中のまっすぐな椅子をひとつ、ドアの横に持って行った。そしてもうひとつをテーブルの横の、ベッドとは反対側に置いた。そしてそこに腰を下ろし、銃口がまっすぐジム・キッドの方を向くようにして、ショットガンをテーブルの上に置いた。ジム・キッドは窓のそばのベッドの縁に腰を下ろしていた。

彼はぼんやりと窓の外を眺めていた。向かい側の木造の建物の上に、暗く曇った空の一部が見えた。しかし彼は通りが直接見下ろせるところまで、窓に近寄ってはいなかった。そしてとくにどうでもよさそうに言った。「どうやら雨になりそうだな」

沈黙があり、それからスキャレンが言った。「なあジム、私はおまえに対して個人的に含むところは何もない……ただ仕事としてこれをやっているだけだ。しかしこのことだけはしっかり頭に入れておいてほしい。もしおまえが、我々のあいだにあるこの七フィートの距離を少しでも詰めようとしたら、私はこのふたつの引き金を同時に引く。止まれとかやめろとか、そういう警告もなしにな。わかったか?」

キッドは保安官補を見た。それから彼の目はまたゆっくり外に向けられた。「それにちっと冷えるよな」、彼が両手をこすると、三個の鎖がちゃらちゃらと音を立てた。「窓が少し開いているんだが、閉めてかまわんかな?」

スキャレンはショットガンを持つ手に少し力を込めた。自分でも気づかないうちに、銃身が持ち上がった。「今座っているところから手が届くようなら、かまわんよ」

キッドは窓の敷居に目をやり、実際に手を伸ばしてみることもせずに言った。「遠すぎる」

「わかった」とスキャレンは言って立ち上がった。「ベッドに横になれ」。そしてガン・ベルトを調整し、コルト拳銃《けんじゅう》が左の腰に来るようにした。

キッドは微笑みながらゆっくりと後ろに下がった。「いつもしっかり抜かりがないな。冒険心みたいなものは持ち合わせていないのか？」

「そんなものはビスビーに置いてきた。女房と三人の子供たちと一緒にな」とスキャレンは笑みもせずに言った。そしてテーブルを回り込んだ。

窓の枠にはグリップはついていなかった。窓に横向きに立ち、ベッドの上の男の方に身体の正面を向け、片手の付け根の部分を窓枠の底の桟にあて、思い切り下に押した。窓はばたんと音を立てて閉まったが、それと同時にジム・キッドが弾《はじ》かれたように飛び起き、両手の助けを借りずに立ち上がろうとするのを彼は目にした。一瞬スキャレンは躊躇した。引き金にかかった彼の指に力が込められた。キッドは両脚を床につけ、勢いをつけて立ち上がり、頭はベッドから突撃しようという格好に下げられていた。スキャレンはすかさず前に一歩進み出て、膝でキッドの顔を激しく蹴《け》りあげた。無法者はベッドの奥まですっ飛んで、壁に思い切り頭を打ちつけた。彼はそこに横になり、目を開けたままスキャレンを見ていた。

「気は済んだか、ジム？」

キッドは両手を口もとにやり、顎の骨をさすっていた。「おれとしては試してみたかったのさ」と彼は言った。「あんたは撃つまいと踏んでいた」

「しかし覚えておけ。次は撃つ」

それから数分間キッドはじっと動かなかった。それから彼は身体をまっすぐにしようとした。「身を起こしたいだけだ」

テーブルのこちら側でスキャレンは言った。「好きにしろ」。キッドが窓の外を眺めるのを彼は見ていた。

それから言った、「あんた、どれくらい稼いでいるんだい、保安官?」。キッドの質問は唐突だった。

「おまえの知ったことじゃない」

「教えてくれても支障はあるまい」

スキャレンは躊躇した。「月に百五十ドルだ」と彼はようやく言った。「それにいくらかの経費。そしてビスビーの境界線の内側で、違法行為を行ったものを逮捕すれば、一件につき一ドルのボーナスが入る」

キッドは気の毒そうに首を振った。「それで女房と三人の子供がいるわけか」

「カウボーイをしているよりは実入りは良い」

「でもあんたはカウボーイじゃない」

「やっていたことはある」

「月に四十ドル、住まいと食事つきで？」と言ってキッドは笑った。

「そのとおり、月に四十だ」とスキャレンは言った。彼は落ち着かない気持ちになった。「おまえはいくら稼ぐ？」

キッドは笑みを浮かべた。彼は微笑むととても若く見えた。まだ十代と言っても通用するだろう。「何とも言えない。月によって違う」と彼は言った。

「しかし大金を手にしてきた」

「そうさ。好きなものがなんだって買えるくらいたっぷりな」

「これから五年間、好きなものをせっせと思い浮かべていることだな」

「おれたちがユマに着けると、あんた本気で思っているわけか？」

「我々がユマに着けないと、おまえは本気で思っているのか？」とスキャレンは言った。「いいか、私は二枚の汽車の切符と、ショットガンを手にしている。我々はこれからユマに行くと、それらのものが告げている。一方のおまえは何を手にしている？」

キッドは微笑んだ。「今にわかる」。そしてそのあとすぐ、声の調子を変えて言った。

「あんたはどうして法執行官になったんだ？」

「金だ」とスキャレンは答えたものの、そう口にしたあとで自分が愚かしく思えた。

それでも彼は続けた。「私がパンターノ・ウォッシュの近くの牧場で仕事をしていたとき、オールド・ナナが反乱をおこして、サンタ・ローザ渓谷で暴れ回った。軍隊はただうろうろと駆けずり回っているだけだった。だからピマ郡の保安官は自警団を組織して軍隊を補助し、春のあいだほぼずっとアパッチを追跡していた。保安官とおれは気があって、もしその気があるなら、保安官補の職を世話してもいいと言ってくれた」。最初は月給七十五ドルから始め、それが今では百五十ドルにまで上がったのだと言いたかったが、そこまでは言わなかった。

「そしていつかは保安官になって、月給二百ドルをもらおうってわけか」

「あるいはな」

「そしてある日、見たこともないカウボーイが、どっかの酒場で酔っ払って暴れていて、あんたはそいつを逮捕しに行くんだが、こっちが拳銃を抜くまえに、相手の撃った一発がたまたまあんたを仕留めちまうって成り行きだ」

「つまり、私がやっているのは愚かしいことだと言いたいのか?」

「わかってりゃいいんだが」

スキャレンはショットガンから手を放し、シャツのポケットから煙草《たばこ》と巻紙を取りだし、それを巻き始めた。「で、私の値段がいくらくらいか見当がついたか?」

一瞬だが、キッドは驚いた顔をした。でもすぐに元の笑みを浮かべた。「いや、まだわからんね。おれが踏んでいたよりも値段は高そうだが」

スキャレンはテーブルの表面でマッチを擦り、煙草に火をつけた。そしてそれを床に放った。キッドのブーツのあいだに。「おまえの持ち金じゃちと足りないよ、ジム」

キッドは肩をすくめ、身を屈《かが》めて床の煙草を拾った。「あんたはおれをまっとうに扱ってくれた。だからおれとしては、あんたを楽にしてやればと考えただけさ」

しばらくして太陽が部屋に差し込んできた。最初は鈍い光だった。冷え冷えして霞んでいた。それから次第に温かく、明るくなり、ベッドとテーブルのあいだに長方形の光の断片が落ちた。することがなかったせいで、朝はひどくのろのろと過ぎていった。二人はそれぞれに落ちつかない気持ちで、そこではない場所について思いを馳《は》せていた。しかしその落ちつかなさは奥に秘められたもので、二人とも表には出さなかった。

保安官補は無法者と自分自身のために煙草を巻き、おおむねのところ二人は口を閉ざしたままそれを吸った。一度だけキッドは彼に尋ねた。列車は何時にここを出るのかと。三時少し過ぎだと彼は答えたが、キッドはとくに意見を述べなかった。

スキャレンは窓際《まどぎわ》に行って、轍《わだち》の跡のついた狭い道路を見おろした。コマーシャル通りだ。ヴェストのポケットから時計を出して時刻を見た。もう正午に近かったが、通りにはほとんど人影はない。彼は首をひねり、自問した。土曜日のこの時刻のコンテンションにしては少し静かすぎるんじゃないか……いや、おれは神経質になりすぎているのかもな……。

通りの向かい側の、木製の日よけの下に立っている男を、彼は観察した。のんびりと柱に寄りかかり、両方の親指をベルトにひっかけ、てっぺんが平らな帽子を頭の後ろの方にずらせている。その男にはどこか見覚えがあった。そしてスキャレンが窓際に行くたびに――この一時間のあいだに二、三度だが――男はいつもそこにいた。ベッドに横になっているジム・キッドを彼はちらりと見た。それからまた窓の外に目をやると、柱に寄りかかっている男に、もう一人の男が近寄ってくるところだった。二人は一分間ばかりそこに並んで立っていたが、やがて二人目の男は馬を繋《つな》いでいた横木から外し、それにひらりと乗って通りを行ってしまった。

柱に寄りかかっていた男は、彼が馬に乗って去って行くのを見ていた。そして日差しをよけるために帽子を傾けた。そこで記憶が蘇《よみがえ》った。帽子を額の上に傾けるその様子で、それが朝に見かけたのと同じ男であることがわかった。安楽椅子に寝そべっていた男だ……居眠りをしているような様子で。

彼は妻の姿を、そして三人の子供たちの姿を目にした。小さな娘が膝に載っているのがほとんど感じとれるほどだった。彼女はさよならのキスをするために、そこに上がってきたのだ。ツーソンで何かお土産を買ってきてあげるよと彼は娘に言ったのだった。どうしてそこで出し抜けに家族の姿が目に浮かんだのか、彼には理解できなかった。そして家族の姿を頭の中から押し出してしまったあと（というのは、そんな姿を見つめているような余裕は彼にはなかったから）、彼の中にはかき乱された気持ちが残った。まるで何かすんなりとは呑《の》み込めないものを、無理に呑み込んでしまったような感覚だった。心臓がどきどきと音を立てた。

ジム・キッドは微笑みを浮かべて彼を見た。「おれの知ってる誰かか？」

「顔に出ていたか？」

「丸わかりだぜ」

スキャレンは通りの向かいにいる男に視線をやり、それからジム・キッドに言った。「こっちに来い」、彼は窓を顎で示した。「あそこにいるおまえの友だちが誰なのか教えてくれ」

キッドは半ば身を起こし、前屈みになって窓の外を見おろした。それから座り直した。「チャーリー・プリンス」

「いまもう一人、助けを呼びに行った」

「チャーリーには助けなんて必要ないんだが」

「自分がコンテンションに連れて来られるって、どうしておまえにわかったんだ？」

「あんたはウェルズ・ファーゴ社の男に、おれにはたくさん友だちがいるって言っただろう……そしてあの山中でおれらを追い回している自警団のこともな。おおよその想像はつくんじゃないか。ベンソンの町で窓の外を見ても、だいたい同じ光景が見えるかもしれないぜ」

「そんなことをしても役には立たない」

「月給百五十ドルのために撃ち殺されてもいいと思うような人間、おれはまだお目にかかったことがないね」、キッドはそこで言葉を切った。「とくに女房と子供たちがいる場合にはな……」

馬に乗った何人かの男たちが、それから一時間もしないうちに町に乗り込んできた。馬たちがコマーシャル通りをやってくる音が聞こえたので、スキャレンは窓際に行って見おろした。六人の男たちが通りの真ん中で馬を停めて一列に並び、ホテルの方を向いていた。彼らの後ろに、チャーリー・プリンスが柱にもたれて立っていた。

やがて彼はゆっくりと柱から離れ、通りに下りてきた。そして馬たちのあいだを抜けて、その前に立った。窓のすぐ下に。それから口の前で両手を筒形にして叫んだ。

「ジム！」

　静かな通りでは、それはピストルの銃声のように大きく響いた。

　スキャレンはキッドを見た。微笑みはキッドの顔を柔和にしていた。微笑みは目の中にさえうかがえた。確信、それが彼の全身を包んでいた。そしてたとえ手錠をはめられていても、まるでショットガンを手にしているのは自分の方だというような雰囲気を漂わせていた。

「なんて言い返せばいいのかな？」とキッドはスキャレンに言った。

「毎日手紙を書くよと言ってやれ」

　キッドは声をあげて笑い、窓際に行った。そして窓のいちばん上のところを持って引っ張り上げた。しかしそれは数インチしか開かなかった。それから窓のいちばん下に手を入れて押し上げた。窓はいちばん上まで開いた。

「チャーリー、みんなに一杯飲ませてやってくれ。おれたちはすぐに下に降りていくから」

「問題ないか？」

「ああ、何も問題はない」

チャーリー・プリンスは少し迷った。「もしおまえが降りてこなかったら？　やつはおまえを殺しておいて、逃亡をはかったから撃ったと言うことだってできる……なあジム、もしおれたちが銃声を耳にしたらどんなことになるか、そいつにひとこと言っておいた方がよかろうぜ」

「彼にはわかっているさ」とキッドは言った。そして窓を閉めた。そして脇にショットガンを抱えてじっと立っているスキャレンの方を見た。「さて、あとはあんたの出番だよ、保安官」

「私に何を言わせたいんだ？」

「ちょっと考えればわかることだよ。たしかさっき言ったよな。あんたはおれに対して個人的に含むところは何もない。ただ仕事としてやっているだけだって。で、これが命を賭《か》けるほどの仕事だとは、あんただってまさか思わんだろう。だから、あんたが今やるべきは、銃をベッドの上に放り出し、おれをこの部屋から出て行かせることだ。そしてあんたはビスビーの町に戻り、好きなだけ酔っ払いを逮捕していればいい。七人対一人じゃ勝負にはなるまい。誰もあんたのことを責めたりはしないよ。奥さんだってまず文句は言わないだろう……」

「おまえは弁護士にでもなるべきだったな、ジム」

キッドの顔から微笑みが薄れていった。「おいおい、それはどういうことだ？」ドアがノックで揺れた。三度、素速い続けざまのノックだ。部屋の中は一瞬にして静まりかえった。二人は思わず顔を見合わせた。キッドの顔から微笑みはすっかり消えていた。

スキャレンは踵《かかと》の高いブーツの足音を忍ばせて、ドアの脇に寄った。そしてショットガンの銃口をベッドに向けた。キッドは腰を下ろした。

「誰だ？」

少しのあいだ返事はなかった。それから声が聞こえた。「ティンピー」

彼はキッドを見た。キッドも彼を見ていた。「何の用だ？」

「コーヒーをポットで持ってきた」

スキャレンは躊躇した。「あんた一人か？」

「もちろんだ。急いでくれ。熱いんだよ！」

彼は上着のポケットから鍵《かぎ》を出し、腕を折り曲げてショットガンをはさみ、その手で鍵を鍵穴に入れ、もう一方の手でドアノブを回した。ドアがさっと内側に開いて彼を強く打ち、その勢いで化粧台まで飛ばされた。彼はバランスを失い、洋服ダンスの方によろけて滑り、そこに四つん這《ば》いに《よ》なった。ショットガンが床の上を、音を立てて窓まで転がっていった。ジム・キッドがそれを取ろうと床に身を沈めるのが見えた。

「やめろ！」

がっしりとした体格の男がコルト拳銃を手に、戸口に立っていた。コルトは大きく膨らんだ腹のところから差し出されていた。「ショットガンに触るんじゃない」。その男の隣に、コーヒー・ポットを手にしたティンピーが立っていた。コーヒーが彼のスーツの上に、ドアに、周囲の床にこぼれていた。彼は力なく、上着にかかったコーヒーを手で拭《ぬぐ》っていた。その目はスキャレンから、ピストルを持った男へと向けられた。

「仕方なかったんだ、保安官……こうしろと言われて。断ったら、困った目にあわせると脅された」

「誰なんだ、この男は？」

「ボブ・ムーンズ……わかるだろう、ディックの兄貴だ」

大柄な男は腹立たしげにちらりとティンピーを見た。「それ以上泣きごとを言うんじゃない」。彼の視線はジム・キッドに向けられ、そこに留まっていた。「おれが誰だか、わかっているよな？」

キッドは興味がないような顔をした。「あんたはおれの知っている誰にも似ていないみたいだが」

「ディックを撃つのに、彼を知る必要はなかったものな！」

「おれは駅馬車の男を撃っちゃいないぜ」

スキャレンは起き上がって、ティンピーを見た。「あんた、いったいどういうつもりなんだ？」

「仕方なかったんだ。無理にこうさせられて」

「我々がここにいることを、どうして彼が知ったんだ？」

「彼は今朝ここにやってきて、ディックの話をした。それで落ち込んでいる彼を少し励ましてやる必要があると思ったんだ。だからジム・キッドが裁判にかけられて、ユマ刑務所に送られることになり、今この町にいるという話をした。刑務所に向かう途中なんだと。ボブは何も言わずに出て行った。そして銃を持って戻ってきた」

「なんという馬鹿なことを」とスキャレンは言って力なく首を振った。

「おしゃべりはもうたくさんだ」、ムーンズは拳銃をキッドに向け続けていた。「いずれにせよ、おれはいつかこいつを見つけ出していたさ。こうして、長い汽車の旅をみんなのために省いてやろうとしているんじゃないか」

「その引き金を引いたら、あんたは殺人犯として吊《つる》されることになるぞ」とスキャレンは言った。

「こいつがディックを殺した罪でそうされたのと同じにな……」

「陪審は彼は殺していないと判断した」、スキャレンは大男の方に一歩進み出た。「そして私としては、あんたが勝手に新たな刑の宣告をすることを、黙って見過ごすわけにはいかない」

「それ以上動くんじゃない。さもないと、あんたにも刑を宣告することになるぞ」

スキャレンはゆっくりともう一歩、彼に近づいた。「銃を私に渡すんだ、ボブ」

「いいか、警告する——さっさとそこをどいて、おれの思いを果たさせてくれ」

「ボブ、いいからその銃を私に渡すんだ。そうしないと思い切り痛い目にあわせることになるぞ」

スキャレンはもう一歩前に進んだ。神経が張りつめていた。ゆっくりとした一歩だ。ムーンズの視線が自分からキッドに移るのを、彼は見て取った。その一瞬が彼にとっての唯一《ゆいいつ》のチャンスだった。彼は突進した。手で上着をさっと横に払い、次の瞬間、上げられた手にはコルトが握られていた。すべては途切れない動作の中で行われた。ピストルは振り上げられ、素速い弧を描いてムーンズの頭を打った。ムーンズには拳銃を構える余裕もなかった。頭への一撃で帽子が吹き飛び、彼は後ろ向きに壁にどんと身体を打ちつけた。そして床に沈んだ。

スキャレンは拳銃の撃鉄を上げ、身体を素速く回して窓の方を向いた。しかしキッドはベッドに腰掛けたままだった。ショットガンは彼の足もとにあった。

保安官補はほっとして、撃鉄を戻した。「良いチャンスを逃がしたようだな」

キッドは首を振った。「いや、おれはベッドから下りることもできなかっただろう」、彼の声には驚きが混じっていた。「なあ、あんたはなかなかやるな……」

二時十五分にスキャレンは時計に目をやった。そして椅子を後ろに引いて立ち上がった。ショットガンを腕に抱えていた。一時間も経《た》たないうちに二人はホテルを出て、コマーシャル通りからストックマン通りへと歩いて行くことだろう。そしてストックマン通りをまっすぐ鉄道駅へと向かう。全部で三ブロックだ。その三ブロックを無事に歩ききって、ジム・キッドを列車に乗せたかった……しかし不安だった。

一味が通りで待ち構えていたら、おれはうまく対処できるだろうか？　今でさえ既に、呼吸が浅く速くなり、自分を落ち着かせるために時折、意識してゆっくりと息を吸い込み、吐かなくてはならなかった。そして彼は自らに問いかけ続けた。これは果して命を賭けるだけの価値のあることなのだろうか？

人々はドアの奥に、窓の向こうに身を潜めていることだろう。こちらからその姿を見ることはできないが。彼らはそれぞれに感情を持ちあわせ、その心臓の大半はどきどきと音を立てていることだろう……そして彼らはドアの枠のより奥へとまた少し引き下がることだろう。通りに出ているのは、人間性とか、独自のパーソナリティーとは無縁の人間だった。彼は舞台に立っているのだ。その通りは別の世界なのだ。

ティンピーはドアの前の椅子に腰を下ろしていた。その隣で床に座り込んで、壁に背中をもたせかけているのがムーンズだ。スキャレンは既にムーンズのピストルから弾丸を抜き取り、銃を背後の水差しの中に突っ込んでいた。キッドはベッドの上にいた。

ほとんどの時間、彼はじっとスキャレンを見つめていた。その顔には戸惑ったような表情が浮かんでいた。目元をしかめ、ときどき首を傾《かし》げた。まるで様々な角度からその保安官補を観察しようとするかのように。

スキャレンは今では窓の近くに寄っていた。チャーリー・プリンスともう一人の男は日よけの下にいた。それ以外の男たちの姿は見えなかった。

「あんた、決心はまだ変わらないのか？」とキッドは真剣な声で尋ねた。

スキャレンは首を振った。

「あんたのことがわからんな。あんたはさっきおれの命を救うために、自分の身を危うくした。そして今度はおれを刑務所に送り届けるために、また自分の身を危うくしようとしている」

スキャレンはキッドを見た。そして突然、彼が知っている他の誰よりもその男に対して近しさを感じた。「私にもわからんよ、ジム」、彼はそう言ってまた腰を下ろした。そのあと彼は五分ごとに時計に目をやった。

三時五分前になると彼はドアの前に行って、ティンピーに脇にどくように身振りで合図した。そして鍵を回してドアのロックを外した。「行くぞ、ジム」、キッドが彼の隣に来ると、彼は銃身でムーンズをつついた。「ベッドに腰を下ろすんだ、ミスタ。列車の発車時刻より前に、通りであんたの姿を見かけたり、あんたのことを何か耳にはさんだりしたら、殺人未遂容疑でしょっぴくからな」。彼はキッドに前を行くように指示した。そして廊下に出て、ドアの鍵を閉めた。

二人は階段を降り、ロビーを横切って玄関まで行った。スキャレンはショットガンの銃口をキッドの背中にくっつけるようにして、一歩後ろを歩いた。戸口を抜けるとき、できうる限り冷静な声で言った。「左に折れてストックマン通りに入り、まっすぐ歩き続けろ。何を耳にしようと、そのまま歩き続けるんだ」

コマーシャル通りに足を踏み入れると、スキャレンはチャーリー・プリンスが立っていた酒場のポーチにちらりと目をやった。しかし今、その日陰の中には人の姿は見えなかった。酒場の角の近くには二頭の馬がつながれ、その上には赤い文字で「ＥＡＴ（食事）」と書かれた看板がかかっていた。そしてストックマン通りの反対側にも看板が続いていた。そのメインストリートに沿って列をなす看板は、轍のついた道路をより狭く見せていた。それらの看板の下、薄暗い影の中では動くものもなかった。ポーチを吹き抜ける風の囁きが聞こえた。風は道路から砂埃《すなぼこり》を運び、下見板にぱらぱらと吹きつけた。その音は虚《うつ》ろで、生命感を欠いていた。どこか遠くの方で網戸がばたんと打ちつけられる音が聞こえた。

二人はカフェの前を通り過ぎ、左に曲がってストックマン通りに入った。前方には人気《ひとけ》のない道路がまっすぐ続き、先に行くにつれて細くなって見えた。突き当たりが鉄道駅だ。平屋建ての駅舎がただひとつ、ぽつんと建っていた。背が低く、横に広がった建物で、プラットフォームのほとんどは影の中にあった。西行きの列車は既にプラットフォームに入っていたが、機関車と客車の大半は駅舎に遮られて、こちらからは見えなかった。白い蒸気が駅舎の屋根の上にあがり、陽光の煌《きら》めきに吸い込まれて消えた。

二人がプラットフォームに着くすぐ手前のところで、キッドが肩越しに言った。

「あんた、今のうちに走って逃げた方がいいぜ」

「やつらはどこにいるんだ？」

キッドはにやりと笑った。スキャレンが恐怖を感じていることがわかったからだ。

「おれが知るわけなかろう」

「見えるところに出てこいとみんなに言え」

「自分で言えばいいだろう」

「いいから言うんだ！」、スキャレンは顎をぎゅっと堅くし、ショットガンの短い銃身をキッドの背中に食い込ませた。「冗談で言ってるんじゃない。もしやつらが出てこなければ、おまえを撃つぞ！」

キッドは背骨の上に硬い銃口を受けて、すぐさま叫んだ。「チャーリー！」

その声は通りにこだました。そしてそのあとは沈黙によって埋められた。キッドの視線は影で暗くなったポーチからポーチへと投げかけられた。「いいか、チャーリー、撃つんじゃないぞ」

スキャレンは彼の背中を押し出すようにして、たわんだ厚板の階段を上らせ、影になったプラットフォームに出た。そこで突然、彼は気配を感じた。やつらはすぐ近くにいる。「もう一度言え！」

「撃つんじゃないぞ、チャーリー！」、もはやそれは金切り声だった。

駅のずっと向こうから駅員の声が聞こえてきた。語尾がはっきりと聴き取れないほどの声で。「……ヒラ・ベンド、センティネル、ユマ！」

汽笛が大きく、むせび泣くように響いた。二人はそれを聞きながらプラットフォームの日陰になった部分を通り抜け、陽光のむき出しになった煌めきの中へと再び足を踏み入れた。スキャレンは目を細め、駅の事務所の方に目をやったが、駅員の姿は見当たらなかった。駅員ばかりか、人っ子一人いない。「乗るのは郵便車だ」と彼はキッドに言った。「最後から二両目の車両だ」。エンジンの鉄のシリンダーから、蒸気がしゅうっという音を立てて排出され、それはプラットフォームの先端あたりを曇らせた。「急げ！」、彼はキッドを銃で衝《つ》きながら、鋭い声で言った。

そのとき背後に足音が聞こえた。厚板を踏む急《せ》いた足音だ。そして耳障《みみざわ》りな蒸気の音が止《や》むと、声が聞こえた。「そこを動くな！」

機関車の主軸が後ろにぎゅっと引っ張られ、グロテスクな飛蝗《ばった》の脚のように持ち上がり、車輪が回転を始めた。連接棒が上に向けて回ったところで停止し、連結器が車両と車両とのあいだで、それぞれにがちゃんという音を立てた。

「銃を捨てろ！」

チャーリー・プリンスが両手に拳銃を持って、駅舎の角のところに立っていた。それから彼は注意深く、二人の男と列車との中間に回り込んだ。「ショットガンを遠くに放れ。そしてガン・ベルトを外すんだ」と彼は言った。

「言われたとおりにしろよ」とキッドは言った。「勝ち目はないぜ」

他の六人は、プラットフォームの待合所の暗がりの中に、一列になって控えていた。物騒な顔に無精髭《ぶしょうひげ》をはやし、帽子のつばを低くおろして。プリンスのいちばん近くにいた男が気怠《けだる》く噛《か》み煙草を吐いた。

スキャレンはそのとき恐怖を感じていた。これまでに味わったことのない激しい恐怖だった。それでも彼はショットガンの銃口をキッドの背骨に強く押しつけ続けていた。そして囁きよりもほんの少し大きいくらいの声で言った。「ジム——おまえの身体を真っ二つにしてやるぞ」

キッドの身体がこわばった。両肩が硬く寄せられた。「ちょっと待ってくれ……」と彼は言った。そして両方の手のひらをチャーリー・プリンスに向けた。彼が話しかけた相手はスキャレンだったのだが。

突然プリンスが叫んだ。「伏せろ！」

僅《わず》かな一瞬、凍りついたような沈黙があった。一瞬と呼ぶには長すぎるように思えた。キッドは躊躇した。スキャレンはキッドの肩越しにガンマンの姿を見ていた。そしてその二丁の拳銃を。それからキッドの姿が消え、彼は厚板の上を転がった。ピストルが上にあがった。片方がもう一方よりも速く上がった。スキャレンは身じろぎもせず、ショットガンの二つの引き金を同時に引いた。

チャーリー・プリンスは胸を両手で押さえたまま倒れた。スキャレンはそのままショットガンを捨て、身をひねってコルトを抜いた。そしてすかさず撃った。ターゲットを絞れ！　心の中でその文句を聞いた。彼は待合所の日陰にいる男たちを見た。三人は駅の事務所に逃げた。二人は厚板の上にぴたりと伏せた。一人が身を屈めてピストルをこちらに向けようとした。あいつだ、仕留めろ！　スキャレンは重いリヴォルヴァーの狙《ねら》いを定め、引き金を引いた。男が倒れた。さあ今だ、逃げるんだ！

チャーリー・プリンスはうつ伏せに倒れていた。キッドは床を這っていた。必死に這って、立ち上がろうとしているところをスキャレンが手を伸ばしてつかまえた。彼はキッドの襟首を荒々しくつかんで前に押し出した。そして背中にピストルを食い込ませた。「いいから、走れ！」

待合所から銃弾が飛んできた。彼らが前を走って通り過ぎるとき、木製の車掌車に銃弾が音を立てて食い込んだ。列車はゆっくりと動き出していた。二人のすぐ目の前で、一発の銃弾が郵便車の窓ガラスを割った。誰かが叫んだ、「おい、ジムに当たっちまうぞ！」。もう一発銃弾が飛んできたが、もうそのあとは手遅れだった。スキャレンとキッドが列車の乗降台に飛び乗り、なんとか郵便車に転がり込んだのと、その車両が速度を上げながらプラットフォームの先端を通り過ぎたのは、ほとんど同時だった。

キッドは床の上に並べられた郵便の袋の隣に寝転んでいた。彼は手錠をはめられた両手で不器用に肩をさすりながら、スキャレンを見ていた。スキャレンは開いたドアの横の壁にもたれて立っていた。

キッドは数分間、その保安官補の姿をまじまじと見ていた。そしてようやく言った、「参ったね、あんたは間違いなく百五十ドルぶんの仕事をしているよ」

キッドの言ったことはスキャレンにも聞こえた。しかし列車の車輪の鉄のリズムと、自らの息づかいが、彼のこめかみの奥で大きな音を立てていた。身体《からだ》からすべての力が抜け落ちてしまったようだった。それでも彼はジム・キッドに向かって微笑《ほほえ》まないわけにはいかなかった。彼自身、それとだいたい同じことを考えていたのだ。

訳者あとがき――神話としてのウェスタン

村上春樹

本書に収録された『オンブレ（*Hombre*）』は一九六一年にペーパーバックとしてバランタイン社から出版された。また併録された短編小説『三時十分発ユマ行き（*Three-Ten to Yuma*）』は一九五三年に雑誌「ダイム・ウェスタン・マガジン」に掲載されている。本書は昔風に言えば、「二本立て西部劇」というところだ。むずかしいことは言わず、ポップコーンでも食べながらのんびり楽しんでいただければと思う。

しかし、そんなずいぶん昔に出された西部小説（はっきり言えば読み捨てられることを前提とした安価な娯楽小説だ）を、どうして今わざわざ日本で翻訳出版しなくてはならないのか、という疑問を呈される方も世間にはおられるかもしれない。まあ、もっともな疑問だろうと僕も思う。今どき西部小説を好んで読む人なんて、世の中にそれほどたくさんはいないだろうから。

僕が今回、エルモア・レナードの初期の西部小説を訳出した理由はとても簡単だ。

読み物としてとても面白く、小説としての質が高く、半世紀以上の時を経てもまったく古びていないから——基本的にはそれだけだ。もうひとつ付け加えるなら、そこには後期のエルモア・レナードの作品を形作っているすべての要素が、既にしっかりと顔を揃《そろ》えているからだ。そういう意味合いにおいても、エルモア・レナードの初期の西部小説と、後期のコンテンポラリー・ノワール・ミステリーを比較して読むのはなかなか楽しい。

レナードの原点が西部小説だというのは、読み比べてみればすぐに納得のいくことだし、レナード・ファンなら「なるほどねえ」と思わず膝《ひざ》を打ちたくなるはずだ。それなのにエルモア・レナードの西部小説は、日本ではほとんど入手不可能な状態が続いてきたのだ！　それは僕が長いあいだずいぶん不満に思っていたことだった。だから今回、彼の初期の西部小説の代表作をふたつ訳出する機会を得て、僕としてはとても嬉《うれ》しかったし、じっくり楽しみながら翻訳作業を進めることができた。

また本書に収められた二作品はハリウッドで映画化され、日本でも公開されており、そういう意味でも読者の興味を引きやすいのではないかと推測する。『オンブレ』はポール・ニューマン主演『太陽の中の対決』というタイトルで一九六七年に映画化された（マーティン・リット監督）。『三時十分発ユマ行き』は一九五七年にグレン・フオード主演で『決断の3時10分』として、また二〇〇七年にラッセル・クロウ主演で『3時10分、決断のとき』として二度にわたって映画化されている。どれもなかなか悪くない出来の映画なので、ご覧になった方も多いかもしれないし、現在でもＤＶＤで比較的簡単に入手できるはずだ。

ちなみにそれ以外のレナードの西部小説でこれまでに映画化されたものは、僕の知る限りでは二作だけだ。ランドルフ・スコット主演の『反撃の銃弾（*The Tall T*）』（一九五七年）とバート・ランカスター主演の『追撃のバラード（*Valdez Is Coming*）』（一九七一年）だ。前者は短編小説からの、後者は長編小説からの映画化だ。

そもそもなぜレナードは、西部小説作家としてその作家のキャリアを開始することになったのだろう？ これも比較的わかりやすい話で、彼はとにかく小説家になりたかったのだが、どんなものを書けばいいのかよくわからなかった。でも自分が西部劇映画の熱心なファンだったので、「西部小説ならぼくにも書けるかもな」と思って書き始めた（と本人は語っている）。その時代には『平原児』や『赤い河』や『荒野の決闘』といった素晴らしい西部劇映画が次から次に公開され、人気を呼んだし、人々は西部小説を好んで読んだ。西部小説の需要は高く、雑誌は掲載作品に対して一語につき二セントの稿料を払ってくれた。

彼は西部小説を書くために、かなり熱心に実地調査をおこなったという。レナードは当時デトロイトで広告代理店に勤めていたのだが、小説の舞台をアリゾナ州南部に固定し、その地域の地理や歴史をとことん詳しく研究し、銃器や馬や駅馬車やアパッチ族なんかについても、できる限り細かい資料を集めた。そしてそれらの情報を一冊のノートにまとめた。そのように足もとをしっかり固めてから、西部小説を書き始めたわけだが、その頃にはもうフルタイムの仕事を持ち、家庭も持っていたために、執筆作業はなかなかスムーズには進まなかった（多くの作家は——僕自身も含めて——同じような体験をしている）。当時のことを彼はこのように語っている。

「小説を書く時間を確保するためには、朝の五時に起きなくてはならなかった。最初のうちは目覚まし時計が鳴っても、ごろんと横になってそのまままた眠ってしまった。少し時期が経《た》ち、なんとかベッドを出て居間に行き、コーヒーテーブルの前に座り、ノートを前にして二ページばかり書くべく努めることができるようになった。そのうちに、お湯を沸かしてコーヒーをつくる前に、まず一定の量の原稿を書いてしまうことを、私は習慣とするようになった。お湯を沸かす前に、自分がどこに進んでいくのかを知る。そいつが私の執筆の決まりとなった。私は一九五〇年代の大半を、そのような調子で過ごすことになった」

しかしそうやって身を削るようにして書き上げた作品は、なかなか採用されなかった。当時の雑誌編集者には、彼の書く小説はあまりにもリアル過ぎて非情で、ユーモアや人間的な温かみを欠いていると思われたからだ。暴力はあくまで血なまぐさく、修飾を削《そ》ぎ落とされた文体はあくまで簡素に緊迫していた。つまり彼の小説スタイルは、当時の西部小説の主流（つまりお決まりのルーティーン）からは少し距離を置いたところにあったわけだ。今でいえば「リヴィジョニスト・ウェスタン」に近い位置につけているわけだが、当時はもちろんそんな視点は存在しない。だから彼の送る原稿は、次々に「不採用」の手紙をつけて送り返されてきた。しかしレナードは世評はどうあれ、とにかく自分の書きたいものを書いていこうと心を決めていた。そして自分自身のスタイルを頑固に推し進め、辛抱強く文章技法を磨いていった。そうするうちに彼の西部小説の根幹をなす様々な要素や様相が少しずつ、しかし確実にそこに打ち立てられていった。残忍なアパッチ、たちの悪い悪漢たち、どこまでもクールなヒーローたち、焼けつくアリゾナの太陽、からからに乾ききった光景、最後にやってくる流血の果たし合い……まさにレナード世界だ。そして彼の書く短編小説と長編小説は、十年という歳月のあいだに、次第に多くの読者の共感を得るようになっていった。

しかし不運と言えば不運なことだが、レナードが西部小説作家としてようやく名を知られるようになった頃には、西部小説というジャンルそのものが急激な衰退の時期に入っていた。「テレビが西部小説を殺したのだ」とレナードは語っている。人々はテレビで西部劇を見るようになり（当時は『ローハイド』とか『ララミー牧場』とか『ボナンザ』といった西部劇番組が圧倒的な人気を誇っていた）、そのぶん西部小説を読まなくなったのだ。なんといっても、本を読むよりはテレビを見ている方が手間はかからないから。そんなわけで、西部小説を専門とする雑誌は次々に廃刊の憂《う》き目《め》にあっていった。マーケットそのものが大幅に縮小してしまったのだ。

一九六〇年に彼は長く勤めていた広告代理店を辞めて、自分の会社を興《おこ》し、フリーランスのコピーライターになった。家庭を持つ身でもあり、なかなか専業作家として生活していくことはできなかったようだ。彼がようやく専業作家になれたのは、一九六六年に『オンブレ』の映画化権がハリウッドに売れた時点だった。そして彼はそこから、西部小説ではない現代物の小説を書くようになった。コンテンポラリー・ノワール・ミステリーだ（僕の造語だが、以後「コン・ノワ」と呼ぶ）。その第一作が『ビッグ・バウンス（*The Big Bounce*）』（一九六九年）だった。

レナードの現代ものを「ノワール」と僕が名付ける理由は、まず悪党の描写がとても生き生きしているところにある。もちろんそこに登場するヒーローはタフでクールでかっこいいのだが、それに対抗する悪いやつらが、主人公に負けず劣らず興味深い。場合によっては主人公を押しのけてしまうほど人目を引く。悪の滋味（と言っていいのだろうか?）がじわじわと滲《にじ》み出ている。それがレナードの小説のひとつの大きな強みになっている。そこがノワールのノワールたるゆえんだ。

彼ら悪党たちの多くはなにかと面倒なやつらで、性格がひねくれて、ろくなことを考えつかない。いじましく、厚かましく、いやに悪知恵が働いて、ときには馬鹿馬鹿《ばかばか》しいくらいサディスティックにもなれる。しかしそれでも彼らにはどこかしら憎みきれない部分がある。よくもまあ、こんなどうしようもなく屈折したやつらを、次々によく考えつくよなあといつも感心してしまうのだが、レナードの初期西部小説を読むと、彼らのルーツが無法者のガンマンにあることがわかる。オールド・ウェストの悪漢たちは、現代の悪党たちに比べれば、行動も考え方も成り立ちとしてはかなり単純なのだが、その人物像を現代に移し、より複雑な社会システムの中にひょいと放り込むと、だいたいそのままレナードの「コン・ノワ」の悪役たちになってしまう。彼らは話が面倒になると、ところどころでオールド・ウェストのロジックを持ち出し、現代の社会システムをあっさり無効化してしまう。僕が思うに、そのような痛快さがすなわちレナード「コン・ノワ」の大きな魅力になっている。そして主人公たち（いちおう善玉）も、最終的にはオールド・ウェストのロジックを持ち出してそれに対抗することになる。ガンファイトだ、もちろん。そして最後には善が勝利をおさめる——それ以外にどのような終わり方があるだろう？

　たとえば『オンブレ』に出てくる悪党たちのことをちょっと考えてみていただきたい。悪辣《あくらつ》なフランク・ブレイデンを頭とするカウボーイ崩れの駅馬車強盗団の連中から、小狡《こずる》い悪徳役人ドクタ・フェイヴァーにいたるまで、彼らがいつしか更生してまともな人間になる……というような可能性が考えられるだろうか？　いや、そんなことはもちろんあり得ない。彼らはどこまでも性根の腐った悪いやつとしてそこに存在し、どこまでも性根の腐った悪いやつとして死んでいくか、あるいはしぶとく生き延びていくしかない。いずれにせよ、彼らはただただ単純に更生不能な「ろくでもないやつら」なのだ。そのろくでもなさを揺るぎなき柱として、そこにキャラクターの細かい肉付けがなされている。

　そういったほとんど留保のない「良いやつ」と「悪いやつ」のぶつかりあいと絡《から》み、その痛快な構図がレナードの小説のひとつの魅力になっている。そしてそのようなすつぱりとした痛快さ——コレクトネスとか心理の微妙なあやみたいなものはほとんどお呼びではない——は、他の現代作家の作品からはなかなか得られない種類のものだ。

そのような痛快さはいったいどこから生まれてきたのだろう?

それはたぶん工業都市デトロイトで育ったひとりの青年が、デトロイトとはまったく正反対の環境と言ってもいいであろう、アリゾナ州南部を舞台にした西部小説を専門に書こうと決心したところから始まるのではないだろうか? 彼は少なくともその時点では、おそらくアリゾナになんて行ったこともなかったはずだ。そしてその土地の実際の事情なんてたぶん何も知らなかったはずだ。アリゾナに関するいろんなことをただ、映画館の画面で見て知っているだけだ。それは彼にとってはいわば「架空の状況」なのだ。でも細かい資料をせっせと集めたり、想像をたくましくすることによって、それは彼にとっての新しい「もうひとつの現実」となっていく。言うなれば神話的世界だ。そして彼はまるで精巧なジオラマをつくるみたいに、その世界にひとつひとつディテールを充填《じゅうてん》していく。

僕が彼の西部小説を読んで感じるのは、そういうディテールの確かさであり、その精密な神話的世界に登場する人々の動きの大胆なまでの軽快さだ。その軽快さはおそらく、そこが神話的世界であればこそ生じたものだろう。あくまで架空に構築された世界だからこそ、人々はそこでは現実のしがらみのようなものに囚《とら》われる必要もなく、社会的基準みたいなものを気にかけることもなく、自由に気兼ねなく役柄を演ずることができる。読者はあるいは、レナード世界においてヒーローたちや悪漢たちが、しょっちゅう予測不可能な行動をとることに驚かれるかもしれない。彼らはとにかく自由なのだ。自由だから、一般人には予測のつかないことを白昼堂々とやってしまう。それでいて、それぞれのプリンシプル（らしきもの）はまっとうに守られている。そのようにして話がどんどん闊達《かったつ》にワイルドに前に進んでいく。そして読者は「いったいこれからどうなるのだろう」と思いながらページを繰り続けることになる。

　レナードのもうひとつの傑作西部小説『*Valdez Is Coming*（バルデスがやってくる）』においても状況はだいたい似たようなものだ。孤独なメキシコ人バルデスがとことんいじめ抜かれながら、性悪な白人に率いられる強大な悪の一味に立ち向かい、たった一人でそれをじわじわと壊滅させていく。バルデスが勝ち残る原因はただひとつ、彼が実際的な戦闘能力に優れ、そして常に予測不能な行動に出ることだ。そして個人というものの価値をどこまでも真摯《しんし》に追求していく、その生き方だ。

　レナードはそのような、西部小説で培《つちか》った独自の方法論を、そのまま現代小説の分野に持ち込んで見事に成功を収めるわけだが、それとは逆方向のケースもある。たとえばミステリー作家のロバート・B・パーカーは後年になって西部小説に挑戦し、それなりの成功を収めている（彼はレナードの西部小説を下敷きにしているように思えてならないのだが）。また日本においても、ミステリー作家が時代小説を書いて成功している例もある。それから藤沢周平氏の書いた時代小説のある種のものには、どことなくハードボイルド・ミステリーを思わせるクールな雰囲気が色濃く漂っている。コーマック・マッカーシーのいくつかの作品は、言うなれば「純文学」的な視点から西部小説の解体を行うことによって――要するに「脱構築」をおこなうことによって――興味深いラディカルな効果を出している（とくに『ブラッド・メリディアン』）。そういう具合にジャンルをクロスオーバーさせることの面白さみたいなものは、古今東西を問わないようだ。

　ともあれ、エルモア・レナードはある時点で西部小説に見切りをつけ、「コン・ノワ」に転身することによって、大きな成功を収め、数多くのベストセラーを輩出した。少し前に亡《な》くなってしまったのはとても残念だし（二〇一三年没）、その作品が日本でアメリカ本国ほどの人気を博さなかったことも、僕としてはいささか不満に思うところだが（各社の編集者はみんな「レナード、思うように売れないんですよね」とこぼしていた)、本書に収められたような西部小説で、少しでも新しい読者を掘り起こせればなあと、レナード・ファンとしては微《かす》かな期待を寄せている。

ちなみに、僕がレナードの「現代ウェスタン」として個人的に推奨する作品は『ミスター・マジェスティック』(一九七四年)で、これは本当に西部劇の筋書きを現代にそのまま持ち込んだような痛快な話です。それから後期のレナード「コン・ノワ」で僕がいちばん好きなのは『ラブラバ』(一九八三年)。これはヒーローと悪玉の絡みがなにしろ面白い。どこにボールが飛んでくるかわからないという、レナード独特のナックル・ボール的魅力に満ちている。もし興味があれば読んでみてください。

最後に、本書『オンブレ』を原作とした映画『太陽の中の対決』について少し述べたい。主人公ジョン・ラッセルを演じたポール・ニューマンは、淡いブルーの瞳《ひとみ》からしてまさにはまり役だったと思うし(この頃のニューマンはなにしろ画面に登場するだけで説得力があった)、監督マーティン・リットの演出はどこまでもタフで手堅いし、脇役《わきやく》のマーティン・バルサム、フレデリック・マーチ、リチャード・ブーンもそれぞれにベテランらしい渋い個性を出していた。まさにベストメンバーを揃えたチームと言っていいだろう。大学生のときに映画館でこの映画を見てとても面白いと思ったし、映画自体として、単体としてみれば、たしかによくできていると思う。ただ後年原作を読んだあとで再見したとき、今ひとつ物足りなく感じて、「あれ、こんなだったっけなあ?」と思わず首をひねってしまうことになった。その物足りなさのいちばんの原因は、キャスリーン・マクラレン嬢が映画には登場しないところにある。彼女の存在は別の立場の女性に置き換えられているが、そのおかげでこの物語の本来の緊張感は大幅に損なわれてしまっている。

どうしてそんな筋書きに変えられてしまったのか、もちろんその理由はわからない。あるいはインディアンにさらわれて陵辱《りょうじょく》された若い娘というシリアスな設定が、ハリウッドの大手映画会社(20世紀フォックス)の製作方針と合わなかったのかもしれない(ワーナーが製作したジョン・フォードの『捜索者』も同じテーマだが、この作品も筋が暗すぎるという理由で興行的には成功を収められなかった)。いずれにせよそのマクラレン嬢という人物設定が取り払われてしまったことによって、映画『太陽の中の対決』は物語の焦点がぴたりとひとつに結ばれない、今いち曖昧《あいまい》な出来になってしまった。もし原作通りの筋書きが持ち込まれていれば、もっと骨格のはっきりした辛口の異色作になっていたと思うのだけれど、残念だ。

でもまあ、そのへんのことはともかくとして、小説においても映画においても、主人公ジョン・ラッセルの人物像は変わることなく魅力的だ。最後の最後までクールさを失わず、筋を通して一人で静かに死地に向かうその姿は、その透徹した孤独さは、素直に読者の胸を打つ（だろうと思う）。できすぎたお話だよ、とあるいはあなたは言うかもしれない。でも、僕は思うのだけれど、それが神話性というものなのだ。神話は理解するものではない。ただ受け入れるものなのだ。

なお『オンブレ』の翻訳のテキストにはDelta社から出ている「*Elmore Leonard's Western Roundup #3*」を使用した。『三時十分発ユマ行き』のテキストにはWilliam Morrow社から出ている「*The Complete Western Stories of Elmore Leonard*」を使用した。中にいくつか、現在にあっては不適切とも言える表現があるが、オリジナル・テキストの意図を尊重して残した。御理解いただきたい。

（平成二十九年十二月）

村上春樹
安西水丸 著

ランゲルハンス島の午後

カラフルで夢があふれるイラストと、その隣に気持ちよさそうに寄りそうハートウォーミングなエッセイでつづる25編。

村上春樹 著

雨 天 炎 天
―ギリシャ・トルコ辺境紀行―

ギリシャ正教の聖地アトスをひたすら歩くギリシャ編。一転、四駆を駆ってトルコ一周の旅へ――。タフでワイルドな冒険旅行！

村上春樹 著

村上朝日堂 はいほー！

本書を一読すれば、誰でも村上ワールドの仲間になれます。安西水丸画伯のイラスト入りで贈る、村上春樹のエッセンス、全31編！

村上春樹 著

ねじまき鳥クロニクル
読売文学賞受賞（1～3）

'84年の世田谷の路地裏から'38年の満州蒙古国境、駅前のクリーニング店から意識の井戸の底まで、探索の年代記は開始される。

村上春樹
安西水丸 著

村上朝日堂超短篇小説
夜のくもざる

読者が参加する小説「ストッキング」から、全篇関西弁で書かれた「ことわざ」まで、謎とユーモアに満ちた「超短篇」小説36本。

河合隼雄
村上春樹 著

村上春樹、
河合隼雄に会いにいく

アメリカ体験や家族問題、オウム事件と阪神大震災の衝撃などを深く論じながら、ポジティブな新しい生き方を探る長編対談。

村上春樹著

村上朝日堂ジャーナル
うずまき猫のみつけかた

マラソンで足腰を鍛え、「猫が喜ぶビデオ」の効果に驚き、車が盗まれ四苦八苦。水丸画伯と陽子夫人の絵と写真満載のアメリカ滞在記。

村上春樹
安西水丸著

村上朝日堂は
いかにして鍛えられたか

「裸で家事をする主婦は正しいか」「宇宙人に知られたくない言葉とは？」'90年代の日本を綴って10年。「村上朝日堂」最新作！

村上春樹著

辺境・近境

自動小銃で脅かされたメキシコ、無人島トホホ潜入記、うどん三昧の讃岐紀行、震災で失われた故郷・神戸……。涙と笑いの7つの旅。

松村映三
村上春樹著

辺境・近境　写真篇

春樹さんが抱いた虎の子も、無人島で水をかぶったライカの写真も、みんな写ってます！同行した松村映三が撮った旅の写真帖。

村上春樹著

神の子どもたちはみな踊る

一九九五年一月、地震はすべてを壊滅させた。そして二月、人々の内なる廃墟が静かに共振する——。深い闇の中に光を放つ六つの物語。

村上春樹著

もし僕らのことばが
ウィスキーであったなら

アイラ島で蒸溜所を訪れる。アイルランドでパブをはしごする。二大聖地で出会ったウィスキーと人と——。芳醇かつ静謐なエッセイ。

村上春樹雑文集
村上春樹著
デビュー小説『風の歌を聴け』受賞の言葉から伝説のエルサレム賞スピーチ「壁と卵」まで、全篇書下ろし序文付きの69編、保存版！

ポートレイト・イン・ジャズ
和田誠
村上春樹著
青春時代にジャズと蜜月を過ごした二人が、それぞれの想いを託した愛情あふれるジャズ名鑑。単行本二冊に新編を加えた増補決定版。

職業としての小説家
村上春樹著
小説家とはどんな人間なのか……デビュー時の逸話や文学賞の話、長編小説の書き方まで村上春樹が自らを語り尽くした稀有な一冊！

小澤征爾さんと、音楽について話をする
小林秀雄賞受賞
小澤征爾
村上春樹著
音楽を聴くって、なんて素晴らしいんだろう……世界で活躍する指揮者と小説家が、「良き音楽」をめぐって、すべてを語り尽くす！

さよならバードランド
―あるジャズ・ミュージシャンの回想―
B・クロウ
村上春樹訳
ジャズの黄金時代、ベース片手にニューヨークを渡り歩いた著者が見た、パーカー、マイルズ、モンクなど「巨人」たちの極楽世界。

ジャズ・アネクドーツ
B・クロウ
村上春樹訳
ジャズ・ミュージシャンが残した抱腹絶倒、荒唐無稽のエピソード集。L・アームストロング、M・デイヴィスなど名手の伝説も集めて。

J・フジーリ
村上春樹訳
ペット・サウンズ
恋愛への憧れと挫折、抑圧的な父親との確執……。ビーチ・ボーイズの最高傑作に隠された、天才ブライアン・ウィルソンの苦悩。

C・マッカラーズ
村上春樹訳
結婚式のメンバー
多感で孤独な少女の姿を、繊細な筆致と音楽的文章で描いた米女性作家の最高傑作。村上春樹が新訳する《村上柴田翻訳堂》シリーズ。

W・サローヤン
柴田元幸訳
僕の名はアラム
アルメニア系移民の少年が、貧しいながらもあたたかな大家族に囲まれ、いま新世界へと歩み出す――。《村上柴田翻訳堂》シリーズ。

T・ハーディ
河野一郎訳
呪われた腕
―ハーディ傑作選―
ヒースの丘とハリエニシダが茂る英国南部の情景を舞台に、運命に翻弄される男女を描く幻想的な物語。《村上柴田翻訳堂》シリーズ。

P・ロス
中野好夫
常盤新平 訳
素晴らしいアメリカ野球
架空の球団の珍道中を描きつつアメリカの夢と神話を笑い飛ばした米文学屈指の問題作が禁断の復刊。《村上柴田翻訳堂》シリーズ。

C・ウィルソン
中村保男訳
宇宙ヴァンパイアー
妖艶な美女の姿をした謎の宇宙生命体との死闘……奇才が放つ壮大なスペース・ホラー小説を復刊。《村上柴田翻訳堂》シリーズ。

サリンジャー
村上春樹訳

フラニーとズーイ

どこまでも優しい魂を持った魅力的な小説……『キャッチャー・イン・ザ・ライ』に続くサリンジャーの傑作を、村上春樹が新訳！

アンデルセン
山室　静訳

おやゆび姫
―アンデルセン童話集（Ⅱ）―

孤独と絶望の淵から〝童話〟に人生の真実を結晶させて、人々の心の琴線にふれる多くの作品を発表したアンデルセンの童話15編収録。

J・アーヴィング
筒井正明訳

ガープの世界
全米図書賞受賞（上・下）

巧みなストーリーテリングで、暴力と死に満ちた世界をコミカルに描く、現代アメリカ文学の旗手J・アーヴィングの自伝的長編。

J・オースティン
小山太一訳

自負と偏見

恋心か打算か。幸福な結婚とは何か。十八世紀イギリスを舞台に、永遠のテーマを突き詰めた、息をのむほど愉快な名作、待望の新訳。

P・オースター
柴田元幸訳

オラクル・ナイト

ブルックリンで買った不思議な青いノートに作家が物語を書き出すと……美しい弦楽四重奏のように複数の物語が響きあう長編小説！

カフカ
高橋義孝訳

変　身

朝、目をさますと巨大な毒虫に変っている自分を発見した男――第一次大戦後のドイツの精神的危機、新しきものの待望を託した傑作。

メルヴィル
田中西二郎訳
白鯨（上・下）
片足をもぎとられた白鯨モービィ・ディックへの復讐の念に燃えるエイハブ船長。激浪荒れ狂う七つの海にくりひろげられる闘争絵巻。

S・キング
永井淳訳
キャリー
狂信的な母を持つ風変りな娘――周囲の残酷な悪意に対抗するキャリーの精神は、やがてバランスを崩して……。超心理学の恐怖小説。

G・グリーン
上岡伸雄訳
情事の終り
「私」は妬心を秘め、別れた人妻サラを探偵に監視させる。自らを翻弄した女の謎に近づくため――。究極の愛と神の存在を問う傑作。

J・M・ケイン
田口俊樹訳
郵便配達は二度ベルを鳴らす
豊満な人妻といい仲になったフランクは、彼女と組んで亭主を殺害する完全犯罪を計画するが……。あの不朽の名作が新訳で登場。

H・A・ジェイコブズ
堀越ゆき訳
ある奴隷少女に起こった出来事
絶対に屈しない。自由を勝ち取るまでは――残酷な運命に立ち向かった少女の魂の記録。人間の残虐性と不屈の勇気を描く奇跡の実話。

スティーヴンソン
鈴木恵訳
宝島
謎めいた地図を手に、われらがヒスパニオーラ号で宝島へ。激しい銃撃戦や恐怖の単独行、手に汗握る不朽の冒険物語、待望の新訳。

Title : HOMBRE/THREE-TEN TO YUMA
Author : Elmore Leonard

オンブレ

新潮文庫　レ-11-1

Published 2018 in Japan
by Shinchosha Company

平成三十年二月一日 発行
平成三十年六月二十日 二刷

訳者 村《むら》上《かみ》春《はる》樹《き》

発行者 佐藤隆信

発行所 株式会社 新潮社

郵便番号 一六二—八七一一
東京都新宿区矢来町七一
電話 編集部(〇三)三二六六—五四四〇
読者係(〇三)三二六六—五一一一
http://www.shinchosha.co.jp

価格はカバーに表示してあります。

乱丁・落丁本は、ご面倒ですが小社読者係宛ご送付ください。送料小社負担にてお取替えいたします。

印刷・錦明印刷株式会社　製本・錦明印刷株式会社

ISBN978-4-10-220141-1 C0197